AF576393

Tanguero, parle-moi

Marie Lemaire

Tanguero, parle-moi

Du même auteur

"Vous n'êtes pas un p'tit prof", L'Harmattan

On l'appellerait Mourance, L'Harmattan

J'irai cracher sur vos écoles, L'Harmattan

Une sonate à quatre pattes, Nord Avril

L'amour-web, Amazon

5-7, rue de l'École-Polytechnique – 75005 Paris
www.lesimpliques.fr
contact@lesimpliques.fr
ISBN : 978-2-38541-805-2
EAN : 9782385418052
Pour l'envoi de vos manuscrits : voir à la fin de cet ouvrage

**"Ne me parle pas d'amour éternel
ni de ces tristes rêves."
(Joan Baez)**

"Ma nuit gémit en silence
son souvenir de toi"
(Frida Kahlo)

"Avec ce tango[i] moqueur et voyou
L'ambition de mon quartier s'est donné deux ailes.
Avec cette chanson le tango est né comme un cri
Qui sortit du quartier sordide pour chercher le ciel.
Etrange exhortation d'un amour devenu cadence
Qui traça son chemin sans autre loi que son espérance.
Mélange de rage, de douleur, d'espoir, d'absence,
Qui pleure l'innocence sur un rythme enjoué."
(Tango El Choclo [ii])

On ne parle pas quand on danse le tango. On pose sa main contre une autre main. Une légère pression, sans exagération. On ne recherche pas un soutien. On n'utilise pas une béquille. On reste sur son axe. Le haut du corps existe pour le partenaire. On le partage avec lui. Le bas est guidé. Il obéit. Mais il est toujours à soi. Il peut faire une folie. Parfois. Une petite folie bien sûr. On n'en profite pas pour amplifier démesurément le rôle du fessier. On ne devient pas la déesse callipyge. Même si cela donne l'impression, une seconde, d'être la reine désirée, la princesse inespérée.

Reine ? Princesse ? Ah non, pas encore. Pour l'instant c'est dur. On en bave. Mais on l'a voulu. On a décidé. Tessa transpire un peu. Son humour est intact. Puisqu'une pensée fugace la traverse : ah oui, les hommes suent… Là, contre elle, un mâle fier et ténébreux s'agite. Des effluves poivrés atterrissent par vagues. Les mecs… Et l'eau de toilette ? Et le déodorant ? A-t-il besoin de ce gros pull pour danser ?

Enfin, bon…. Est-elle mesquine de s'attarder à des détails.

Chouette. Le professeur a dit : on tourne. Ludo n'est pas très grand. Mais cette fois, elle a un cavalier qui sent bon. Azzaro ? Alors elle accepterait de serrer un peu. Et elle aurait la connexion…

Il lui semblait long son parcours au tango. Ce n'était finalement que six années. Mais tant de sensibilité blessée. Tant de romances avortées… Au crépuscule de sa jeunesse, enfin, une voix mûre s'élevait : tu ne t'es pas trop attardée, tu sais. Les cicatrices se sont fermées lentement. Une sorte d'accalmie t'a permis de regarder en arrière. Et de comprendre. Ce que dans ta folie et dans ta fougue tu avais écarté.

On apprend continuellement. Des questions l'avaient assaillie. Le tango : un reflet de notre vie ? Autour d'elle : des hommes, des femmes. Peu semblables. Des tempéraments, des problèmes, des blocages. Tu ne changeras pas le monde, lui avait dit un jour Giovanna, la belle italienne. C'était vrai. Dans cette citadelle, les images du pouvoir, de la séduction, de l'hypocrisie correspondaient à une réalité : celle étalée depuis des siècles dans l'univers. La diversité des espèces suscitait des réactions. Des comportements. A l'échelle d'une danse sublime et exaltante. Mais aussi pitoyable quand elle était le jouet malsain de perversions inavouées et cachées.

Tessa réagissait cependant à des certitudes trop faciles. Malgré tout, le milieu était un microcosme. Avec des catégories particulières d'individus. Et elle se criait à elle-même : existence ! Avec tes tentacules si longs et enlaçants. Tes abrazos[iii] tellement variés. Non, aucune cadence ne pourra te décrire ! Et si parfois le tanguero s'envolait avec cette impression de dominer. Et si la tanguera séduisait dans un abandon secret. Ce n'était, comme certains l'affirmaient, qu'une histoire rêvée, une aventure de quelques minutes…

Il avait fallu du temps à Tessa. Pour atteindre une forme de philosophie olympienne. Pour voir les beautés des rythmes et des pas. Profiter pleinement d'un rapprochement. Qui l'avait attirée dès le début. L'avait perturbée ensuite. L'avait finalement aidée à se construire. Désormais elle pouvait faire des choix. Décider ? Maîtriser ? Certes l'astre qu'elle

survolait n'était pas un berceau de féministes. Loin de là ! Dès les premiers cours elle avait compris. Pour diverses raisons, le mâle régnait. Inévitablement la femme ripostait. Mais comment ?
Tessa avait un caractère vif et entier. Des origines nordiques. Elle avait organisé seule sa vie. Sans l'aide et la présence masculines. Elle atterrissait là. Avec l'intention de s'occuper d'elle. De faire bouger son corps. Stupidité sans doute quand on n'a jamais dansé ou peu. De choisir cet art prestigieux, mystérieux, réservé aux milongueros [iv]!
Kathrin, sa première prof, avait réalisé. Elle avait lancé à cette innocente : "Tu es le contraire du tango ! Mais bon, un déclic peut-être un jour… "
Et bien plus tard était venu ce moment. Une relation étroite entre passé et présent. Un plaisir solitaire. En écoutant violons et bandonéons : "Vas a darte cuenta

De que tu corazón late al mismo compás y
Que tu historia se parece a la latra que
Estás escuchando".*

* El tango espero… (interprété par Anibal Troilo)
"Tu vas te rendre compte
Que ton cœur bat au même rythme et
Que ton histoire ressemble aux paroles que
Tu es en train d'écouter".

C'était peu avant le printemps de cette année-là. Elle était neuve. Naïve. Dans une forme de demande. Devant une gestuelle qu'elle ne connaissait pas : le tango. Loin d'elle sa jeunesse. Mais elle ne le savait pas encore. Derrière elle les amours et leurs trémolos.

Elle pouvait chercher dans sa mémoire ! Non, elle n'avait jamais réellement dansé !

Cassandre lui avait dit : va au bout de la rue. Tu feras des rencontres.

- Du tango argentin ? Ah bon. Pourquoi argentin ? Avait-elle répliqué bêtement.

- Tu verras bien. C'est magnifique.

- Les robes. Les chaussures. Tout cela est de bon goût !

- Ça manque d'hommes parfois. Mais je te connais, tu te battras !

Tessa avait-elle choisi ? Non. Pas vraiment. Une évidence : un contraste flagrant avec le rock !

Un mauvais souvenir, le rock.... Elle la revoyait cette image du compagnon. Entraîné sans cesse par les jolies copines.... Le retour ensuite dans les dernières heures de la nuit. Le reproche :

-Je n'ai pas dansé avec toi !

La réponse. Pragmatique :

-Mais toi je te vois tous les jours !

C'était ainsi. Elle avait vécu avec le meilleur rocker du département. Elle n'avait jamais progressé....

Elle était entrée dans le tango sans savoir où elle allait. C'est cela qui avait été mauvais au départ. Une envie tout simplement. Un vide à combler. Un goût de se lier. Mais se liait-on dans ce milieu ? Et avec qui ?

Elle s'appliquerait à se poser. Les années passeraient. Les passions s'éteindraient. Elle pourrait enfin admettre : quel chemin ! Quels amours ! Quelle découverte ! Et finalement quelle liberté retrouvée !

Sa liberté… D'abord massacrée, enfermée. Liberté. Soupirante, esclave du tango. Puis brisant ses chaînes. Et Tessa était redevenue Elle. Les pinceaux hérités de son père, elle les avait repris. Comme lui elle retrouvait la paix en mêlant sur une toile des couleurs différentes. Des accents tristes ou chantants. Des paquets de matière. Qui n'étaient finalement que l'essence de son désespoir, de sa colère, de son mépris. La rage oui. La rage dans l'âme. Qui revenait à la surface. Qui atteignait le bout de son bras. Qui pilotait le pinceau créateur, l'outil sauveur. Le père avait atteint l'essence du vrai dans une nature dépouillée qui renaissait. Elle, maintenant, peignait l'homme et la femme. Dans leur nudité. Dans leur sauvagerie première. Elle espérait retrouver tout ce qu'elle avait espéré et aimé dans le terrien. Ce qu'elle avait ensuite oublié, perdu et qu'il fallait ressusciter pour survivre.

Après avoir tout donné, elle se sentait dépouillée. Insignifiante. Oui. Ses beaux atours lui avaient été volés. Mais n'avait-elle pas stupidement agi ? Afin qu'on lui prenne tout :

« Ninguno fue culpable, ninguno más que yo » ! [†]

[†] "Personne n'était coupable, personne sinon moi" ! (Mi taza de café)

Dans les premiers temps, elle avait " pris des râteaux ". On lui avait dit non. Elle avait été diminuée. On la refusait parce qu'elle dansait mal ? Parce qu'elle débutait ? Inutile d'attendre une quelconque générosité. Les mâles conquérants avaient beau rôle. Dans des soirées où ils étaient minoritaires. Ils choisissaient le gibier le plus excitant, le plus jeune, qui les flattait. Ce nouvel exercice déroutait Tessa. Son caractère était franc. Sa façon d'aborder était "grande gueule". A cent lieues de l'hypocrite séduction, tradition dans les milongas. Après un périple dans un milieu artistique qui l'avait choyée. Des vernissages arrosés. Des salons animés. Des galeries prometteuses. Des articles de journaux dithyrambiques. Elle était devenue particule anonyme. Elle testait une discipline difficile pour elle. Ses yeux de myope fixaient…. Sa limite de vision distincte n'était pas bien éloignée ! Cependant elle discernait les directions, les positions. N'était-ce pas simple ?
Elle était peu invitée. Mais que les figures étaient raffinées ! Ah ! Lancer la jambe à la manière de cette fille, là… ça devait s'appeler une fioriture… Saurait-elle jamais ? Des femmes semblaient sûres d'elles. N'était-ce pas une condition pour s'imposer ? Avoir confiance en soi ? Oui elle avait du travail. Elle qui n'était jamais satisfaite, jamais contente d'elle !
Elle était partie de rien…. Rien ? Cela voulait dire je n'ai pas, comme certaines, un corps de danseuse… Y-avait-il un « physique type » pour la tanguera ? Elle ne s'interrogea pas tout de suite, acharnée qu'elle était à désirer avancer. Mais très vite : Ah ! Si j'étais plus petite ? Avec un bassin plus large ? Ne dépassant pas mes partenaires d'une tête. Et mieux campée sur mes talons ? La débutante recevait les critiques avec résignation. Le tango, c'est l'école de l'humilité, entendait-on… Alors oui il fallait continuer. Même si vous receviez parfois des gifles cinglantes…

Dans ses débuts, elle fut un être informe et maladroit. Heureusement, elle ne perçut pas alors l'incongruité de sa démarche. Emballée par une ambition inattendue. La recherche du beau était un gage de fraîcheur. Et puis, elle avait toujours côtoyé des jeunes. Ici le milieu se révélait multicolore au niveau des âges. Elle s'engageait avec confiance. Elle imaginait retrouver l'homme qu'elle avait tendrement poursuivi. La femme qu'elle avait amicalement accostée. Cependant son itinéraire fut tout autre. Surtout une aventure. Parfois enivrante, vibrante, ardente. Parfois tragique. Tessa la sensible se répéta souvent : quoi ? Le tango ? Un calque de la vie ? Ah ! Elle n'avait donc rien compris. A la vie. A l’humain. Fallait-il qu'une danse vous donne des leçons ? Qu'elle se dresse finalement devant vous? Dépose sagesse et philosophie ? Réclame spontanéité, ancrage dans le moment présent ?

La séance du jeudi soir et son prolongement devenaient un but paradisiaque. Bien avant l'heure, elle se préparait. Elle se parfumait, se coiffait. Ajoutait un bijou. Essayait plusieurs tenues avant de choisir la bonne, celle qui aimanterait les prunelles. Si elle avait d'abord dansé en jeans, elle libéra ses jambes et se féminisa. Oui, il y avait une avant-scène. Le partenaire était si proche. Sentir bon était nécessaire. Surtout quand on n'avait plus les vingt ans de fraîcheur qui attirent. Et après le cours, il y avait une pratique. Elle remarquait que les hommes de son âge y recherchaient surtout les jeunes femmes. Elle pensa d'abord que la qualité technique de ces dames était la raison. Elle s'asseyait non loin du DJ. Elle écoutait. Elle observait. Mois après mois, elle fut témoin. De romances débutantes. De crises et de ruptures. On était bien dans une pièce de théâtre. Avec des morceaux de comédie et tragédie. Des épisodes d'amour et de haine. Des jets de tendresse ou d'égoïsme. Davantage que dans le monde extérieur. Parce qu'il s'agissait d'un espace, d'un temps réduits. Et la présence, l'action avaient des limites.
Un collègue de cours l'entraînait parfois. Il était agréable mais utilisait les chiffres. Le nombre de pas, l'enchaînement, les directions. Tout était réfléchi et scandé avec rythme. Fautive en cas de ratage, elle devait se contenir pour ne pas rétorquer ! Oui, il transparaissait forcément, son caractère impulsif ! Mais quelle patience elle avait, espérant au fond d'elle des jours meilleurs !
Elle avait aperçu ce brun typé. Très beau. Il changeait de cavalière à chaque tanda[v]. Son visage était figé. Quelques mots polis, en toute sobriété. Lorsqu'il relâchait son étreinte, entre deux danses. Sans doute était-ce la distinction de cet hidalgo qui avait capté son regard. Puis elle avait surpris la souplesse de ses gestes. Sa mâle assurance. Qui était-il ? Maintes fois il évolua devant elle. Il ne la regardait pas. Ah ! La maladroite resterait poussière pour ce magnifique

animal! Le tango imposait une énorme précision de l'homme. Un bon leader avait dû travailler avec acharnement. Il fallait rester à sa place…

Et puis… Un jeudi. Il vint vers elle.

-Oui ? Non ? Dit-il

C'est-à-dire qu'elle pouvait dire non ! Ce choix qu'il lui laissait la stupéfia.

Elle se leva tout étonnée. Elle avait peur. Effrayée surtout de le décevoir. Comme il la serrait fort. Comme elle était mal à l'aise. Si près de lui, et si tendue !

Heureusement ! Une tanda comporte quatre morceaux. Son petit banc la retrouva avec soulagement.

Oui, un regard peut modifier votre vie. Un essai chancelant vous indiquer une direction insolite !

Chaque semaine, elle attendit sa danse avec Pablo. Une copine du cours la félicita : dis donc ! Un bon danseur ! Et il revient ! Comment fais-tu ?

Elle n'avait rien fait. Elle n'était pas une séductrice. Elle n'avait pas de plan pour attirer.

Elle se renseigna.

Charlie, un vieux copain, lui dit : il vient avec une blonde dans les milongas.

Pierre parlait technique : il te faut un guidage ferme. Resserre les pieds, autrement tu ne peux pas sentir le changement d'appui. La connexion. Un mystère ? On l'a avec l'un, pas avec l'autre. Difficile à expliquer. Et c'est vrai qu'avec Pierre, excellent professeur, elle aurait toujours des difficultés à suivre. Il était très critique et ne la mettait pas en confiance. Ne peux-tu faire un effort ? Dit-elle. Elle demandait de l'aide ! Il répondit insolemment : s'il y a effort, il y a contrainte. S'il y a contrainte, pas de plaisir. Et sans plaisir, pas de tango….

Par contre ils aimaient discuter. Pierre avait de l'humour. Quand elle lui parla de Pablo, il hocha la tête en riant !

-Alors là, Tessa, tu ne peux pas rivaliser avec elle …

"Elle", c'était son épouse.
Pierre avait vulgairement dessiné avec les mains une silhouette de créature voluptueuse…
Le jeudi suivant, Tessa évita le regard de Pablo. Il était marié. Il ne vint pas la chercher sur son banc. Elle pensa tristement que c'était bien.
Elle se levait peu. Chaque expérience était intéressante.
"Vous anticipez" lui dit ce colosse en rouge. Il la quitta sur un compliment : vous êtes ravissante. Il ne l'invita plus jamais.
Tessa apprit que cet ensemble était avare de cadeaux. Mais ne l'avait-elle pas pressenti ? Il fallait demeurer solide en face des remarques désobligeantes. Garder la tête haute au milieu des vexations. Faire fi des egos démesurés qui se plaisaient à vous rabaisser.
La nouvelle eut la chance d'être invitée par des maîtres. Baptiste fit deux pas. Donna aussitôt un conseil. Ne pas monter et descendre les épaules ! Il ne termina pas la tanda. Elle retint ses larmes. Comment avoir la connexion avec ce style de prétentieux qui la jetait tout de suite dans les "indécrassables" …
Jorge la choisit plusieurs fois et affirma toujours qu'elle devait améliorer son "ocho cortado"[vi]. Figure qu'elle connaissait à peine à l'époque. Il l'abandonna dès lors à son triste sort. Ce sexagénaire prétendait solliciter toutes les tangueras. De temps en temps sa femme. Souvent de jeunes personnes attirantes.
Elle s'était trop battue dans la vie pour accepter le discours tranché des machos. Elle écoutait. Elle se taisait. Elle continuait… Sa colère était masquée. Tapie au fond de sa carcasse. Pourrait-elle un jour la transformer en énergie créatrice ?
Pablo s'était de nouveau approché d'elle. Ils avaient parlé. Et cette peur qu'elle avait de lui s'était estompée. Il l'avait conseillée. Non, ses escarpins pointus n'étaient pas

confortables. Des "Salomé" étaient préférables. Des chaussures qui tenaient la cheville. Ils abordèrent le problème de la séduction. Il y avait le spectacle qu'elle avait sous les yeux. Et Pablo ne mentait pas dans son interprétation. Certes, le racolage apparaissait ici. Mais le tango était une activité noble. Rien à voir avec certaines déviances actuelles. Pablo naviguait dans le passé. Les origines en Argentine. La danse entre hommes ou avec des putes. Tessa s'évada un peu. Des noms inconnus vibraient chaleureusement. Gardel, Ferrer, Podesta.... Des musiciens, des chanteurs. Une richesse de mélodie et poésie. Pablo souriait. Il se remémorait de grands danseurs. El Cachafaz était un jeune mort. Par contre la fameuse Carmencita avait vécu cent ans. Un encouragement pour les vieux élèves !
Tessa était intriguée légèrement par un homme qui semblait ne pas tricher. Un homme vrai. Il ne la décourageait pas. Répondait à ses questions. Par exemple, elle ne comprenait pas pourquoi ce tanguero lui avait dit non ? Elle était mal tombée disait-il. Elle réalisa par la suite que Pablo lui avait à cette époque donné une version simple, la sienne. Une manière de la protéger. Diminuant l'importance des choses laides et décevantes par une élégance assurée. L'échange de mots élimina le stress de Tessa. Elle se sentit mieux dans les bras de Pablo. Elle en vint à souhaiter cette obole qu'il présentait, venant la quérir sur son petit banc.
-Viens, belle inconnue, dit-il un jour.
Il affirmerait dans le futur qu'il n'avait jamais proféré de tels termes, que ce n'était pas son genre.... Et si, il avait parlé ainsi. Comme dans un conte de fées dont elle était l'héroïne. Et la petite souillon, humiliée par les anciens, se sentait capable de progresser. Car elle avait contre elle le plus beau des tangueros, celui que toutes les femmes désiraient.
Les tandas qu'elle ferait avec lui sembleraient toujours courtes, plus courtes que les autres.
- Déjà ? Dit-elle cette fois-là.

-Tu peux m'inviter de nouveau.
Ah bon, la femme pouvait inviter ? Elle comprendrait vite qu'il fallait alors un peu d'aplomb et de psychologie.
Oui bel inconnu. On finirait par se connaître….

Curieuse était cette habitude. De s'asseoir près du DJ, dans l'expectative. Cette femme silencieuse et immobile. Non ce n'était pas Tessa. Au moins pour ceux qui la connaissaient bien. Sans doute était-elle dans un étonnement. Et un questionnement. Et elle se trouvait entraînée dans une gigantesque bourrasque. Un peu paralysée par l'agressivité de certains. Accueillie fraîchement par Léonard : "ah vous pensez peut-être qu'on prend des cours sans partenaire ? Revenez dans six mois si vous avez trouvé quelqu'un" ! Et un semestre plus tard, elle n'avait pas fait la difficile lorsque Victor, de grande taille, (une qualité pour elle, la longiligne), avait proposé un partenariat. Elle évita de se plaindre. Elle avait bien perçu que des "moins vieilles" n'avaient pas laissé passer tant de mois avant de démarrer. Léonard, la soixantaine bien entamée, décidait de votre entrée sur un plateau divin. Il dansait ensuite tout son saoul avec de fermes jeunettes qui avaient dépendu de lui pour s'inscrire et comptaient sur lui pour progresser. Elles ne comprenaient pas le jeu dominant-dominée dont elles étaient les oies blanches. Fallait-il leur pardonner cette naïveté qui les menait à croire "je suis unique, il m'a remarqué". Tant pis pour les "plus âgées" qu'elles toisaient du regard ou ignoraient superbement. Inutile de faire chanter Brassens, ("le temps saura faner vos roses comme il a ridé mon front"). Elles étaient trop occupées à jouir d'une séduction payante pour se laisser aller à l'altruisme. Inconscience et égoïsme de la jeunesse ! Dans le moment présent, régal des petits vieux qui pressaient bien fort leurs proies…

Pour Tessa il n'était pas question de faiblir. Victor était un macho dans toute sa splendeur. Grognant quand sa coéquipière ne répondait pas au quart de tour. Rarement fautif. Mais reconnaissant parfois une petite maladresse de sa part. Juste pour prouver son esprit tolérant. Un gros défaut était l'odeur fauve qu'il répandait dès son entrée dans

une pièce. Ironie de Julie, collègue de cours : on sent tout de suite quand il est arrivé ! Et Tessa riait. Tessa ne répondait pas. Arriverait-elle un jour à mettre un pied devant l'autre ? L'apprentissage était dur. Lorsqu'elle observait les maestros, que c'était beau.
Après le cours elle avait sa récompense : le regard de Pablo. Il l'attendait. Une bise sur chaque joue et elle avait sa première tanda. Ne t'appuie pas sur moi, disait-il. Mais elle aimait sentir son torse, elle aimait être contre lui.
"La vida es un tango"[‡]? Oui, elle aurait souhaité que ce soit cela, la vie. Pour elle, le temps se déroulait en merveilleux tango. Et ce serait une terrible histoire. Jusqu'au cataclysme final. Jusqu'au jour où elle hurlerait pour ressusciter : non, "el tango no es la vida"[§]!

[‡] "La vie est un tango" ? Film argentin de 1939 (Manuel Romero).
[§] "Le tango n'est pas la vie" !

Il était venu la chercher sur son petit banc. Mais elle s'était plainte. Car la soirée se terminait. Et elle désespérait... Il promit de venir plus tôt la semaine suivante. Une réunion l'avait retardé. Il parlait peu de lui. Elle saisissait cependant qu'il avait songé à ce moment toute la journée. Il dansait depuis quinze ans. Elle posait des questions sur la planète qu'elle découvrait. Il aimait répondre avec franchise. Etonné par la candeur qu'elle avait. Elle abordait une nouveauté. Elle voulait comprendre. Les talons aiguilles ? Nécessaires ? Elle était effrayée par le genre "stilettos"[**] qu'arboraient certaines tangueras. Elle pensait sans le dire que ça n'était pas pour elle. Déjà plus grande que la plupart des hommes. Déjà évitée par les petits. Qui fatalement se sentaient en infériorité. Et du coup la dédaignaient. Pas question de mutiler leur "moi". Elle avait lu que le talon aiguille entravait et blessait la femme. Non, Pablo pensait que la chaussure devait sublimer la silhouette. Pas de fragilité. Mais davantage d'allure. Affirmation de la personnalité. Il trouvait que c'était "se grandir". Elle le regardait parler. Les traits fins de son visage se détendaient, le rendant plus humain, plus doux. Cet athlète subtil appréciait la femme confiante, rendue forte par son pouvoir de séduction. Que les danseuses se donnent de mauvais coups, cela arrivait. Des accidents involontaires, qui n'avaient aucun lien avec des batailles de souliers. Il voulait voir dans le tango une possibilité de rencontres et des périodes agréables. Tessa hochait la tête, un peu envoûtée. Il riait. Mon point de vue est peut-être primaire, s'esclaffait-il ! Elle lui faisait reconnaître son plaisir à apprécier les jambes. L'allongement grâce aux talons démesurés. Le balancement de hanches suggestif qui découlait. Bref, la féminité assumée. Elle avait de l'audace. Allait jusqu'à rappeler des

---

[**] Talons aiguilles de plus de 10 cm.

arguments de psy : "les talons aiguilles, c'est le pénis de la femme qui l'érige[††]. Et ils la mettent sur un piédestal. En même temps, comme une arme, ils en font une maîtresse!"[‡‡]
Alors il protestait. Non, l'homme n'était pas un phallus ambulant. Il était bien au-dessus de tous ces accouchements psychiatriques qui le rabaissaient. Et elle jubilait de le voir se défendre. Elle riait d'une représentation de la femme, mi-biche, mi-guerrière. Puis elle désignait un tanguero qui passait devant eux. Sa partenaire était vautrée sur lui, il était rouge d'émotion. S'agissait-il d'amour, de désir ou d'amusement "caliente"[vii]? Pablo reconnaissait que la "drague" existait. La danse était propice au rapprochement des corps.
Souvent la soirée se clôturait par un "on en reparlera". Mais elle partait avec une image dans la tête. Ce superbe tanguero était un cérébral. Et pour lui l'abrazo fermé était une manière de mener avec adresse, sans arrière-pensée de galanterie.
Elle avait songé à ce moment-là, que sans doute il fallait envisager différents comportements. Suivant les pulsions et les libidos de chacun.

[††] (Au sens d'érection).
[‡‡] Jacques André.

Elle avait dit : si tu veux voir mon atelier, tu peux passer.
Il avait sonné. Elle était étonnée. Il n'avait pas prévenu. Ils regardèrent ses dernières acryliques, ses aquarelles. Elle essayait de détendre l'atmosphère. Donnait un aperçu de son occupation journalière, l'art sous forme de modèles vivants plus ou moins colorés. Ils s'assirent dans le salon. Non, il ne se reconnaissait pas. Jamais il n'était allé ainsi chez une dame seule...
Il ne voulait pas boire. Il ne voulait pas enlever sa veste. Il était marié. Il ne pourrait rien lui donner.
Elle se taisait. La situation ne dépendait pas d'elle. Elle était libre. Il ne l'était pas. Il monologuait. Elle écoutait calmement.
Il était droit. Dans sa tête. Dans sa posture. Assis, les jambes serrées. Les mains immobiles se touchaient. Les doigts entrecroisés se cramponnaient au passé. S'interdisant toute autre action. Refusant tout geste qui détruirait l'édifice rigide d'une vie.
Il ne voulait pas la faire souffrir.
Le temps s'était arrêté. Elle entendait pourtant le ronflement de la chaudière. Comme si cette pompe à chaleur continuait, elle, à avancer. Se moquant des tabous… Comme si l'amour naissant était encouragé par une chose matérielle. Comme si le premier élan exigeait un vieux moteur.
Il se demandait ce qui le retenait de la prendre dans ses bras. Et il restait silencieux. Inerte.
Alors elle n'y tint plus. Elle mit ses bras autour de son cou.
Ils n'étaient plus accolés comme au tango. La danse avait été un passage. Elle leur avait donné l'idée d'un après. Elle leur avait donné l'envie de se connaître. Et désormais la connexion n'était plus une question de minutes, elle était une réponse aux inclinations de deux êtres.
Elle le reconduisit très vite jusqu'à sa voiture. Un rayon de soleil blafard illuminait déjà leurs destinées. Dans leur

abrazo serré, quelques paroles étouffées. De petits baisers pudiques. Avant de démarrer, il la regarda longuement. Mais quelle route prenait-il ? Des sons jaillissaient qu'il ne pouvait réfréner :

"Querer,
Dentro del corazón
Sin pudor, sin razón
Con el fuego de la pasión
Y volar"...[§§]

[§§] "Aimer,
Dans son cœur
Sans pudeur, sans raison
Avec le feu de la passion
Et voler"(Querer)

"Volar". Oui, aimer c'est voler. C'est quitter une randonnée ordinaire, pour une nébuleuse couverte d'éclairs, d'étincelles, de brumes et de nuages. "On a quinze ans", disait-il. Et c'est vrai qu'il n'y avait plus d'âge, plus de temps. Que derrière elle il n'y avait plus aucun vécu. Que lui était délicat tel un puceau. C'est avec patience, en dégustant les courts instants qu'il lui offrait, que petit à petit elle prenait possession de lui, sans l'effrayer. Il lui donnait rendez-vous près du petit bois. Sa poitrine se serrait quand elle reconnaissait sa voiture.

Une pudeur extrême les retenait. Une peur peut-être de tout briser. Il n'aimait pas embrasser… Elle couvrait son front d'un torrent ouaté. Et aussi ses joues, son cou. Autour des lèvres, elle n'insistait pas. Ses doigts percevaient : la peau de son torse était de velours. Elle s'attardait… Il la laissait faire.

Enfin il lui donna ce qu'elle attendait.

Un premier baiser. Timide. Pur. Beau… Ah, Tanguero, aviez-vous si peur qu'il devienne laid en grandissant ? Rapidement, votre souffle fut court. Sans doute le pensiez-vous : d'autres merveilleux baisers ne pourraient naître que si celui-là mourait très vite !

Une de ses mains caressait son genou. Elle guida la seconde vers son sein. Comment une caresse peut-elle aller jusqu'au cœur? Le fouettant de sa douceur, faisant revivre une jeunesse perdue. A l'image de la première fois, avec le flirt de ses seize ans, elle se mit à trembler. De la tête aux pieds. Comme jadis elle se sauva, claquant la portière sans se retourner.

Seule chez elle, elle revécut cette intense rencontre de deux langues qui se cherchaient depuis des mois. Toute la soirée, elle revécut le baiser, le répétant. Retrouvant son goût. Lui prêtant un air de conversation, en plusieurs paragraphes. Le petit bout de langue n'était plus un variateur de sons. Il n'était que sensations. Produisant de tendres brûlures.

Réveillant un volcan qui viendrait à l'extérieur de sa cavité. Libérant des coulées de lave qui orneraient un pays jusqu'alors inculte et desséché. Et l'amour enfin humectait de chaleur des lèvres avides de bonheur.

Cette tanda avec lui, elle l'avait espérée. Quand elle jetait des regards furtifs. Car dans le groupe de tangueros, il était le plus brillant. Elle avait vu ses cuisses bouger, frôler celles des cavalières. Elle le crut, à tort, plaqué contre leurs ventres. Illusion d'optique et méconnaissance de la position. Elle apprit ultérieurement que seules les poitrines se touchaient. Elle se disait : il n'est pas pour moi. Elle était débutante. Et il semblait terriblement à l'aise et recherché. Il dominait sans effort, sans rien dire. Il était la virilité, la puissance. Il était : l'homme. Sans le savoir, dès les premiers instants dans le milieu du tango, elle faisait connaissance avec un mal nécessaire, indispensable et trompeur, un état et une comédie : la séduction.

Elle avait ensuite redouté une invitation. Lorsqu'elle avait su qu'il n'était pas libre. Elle avait évité de le regarder. Elle pressentait une rigueur, une honnêteté qui en faisaient un être à part. Quelqu'un d'inaccessible. Il fallait donc se sauver.

Il était venu chez elle. La fureur de se voir était dorénavant implacable. Personne n'éteindrait l'incendie qui démarrait. Il répétait : je ne me reconnais pas. Ce n'était pas physique. La relation était pure et authentique. Evitant chez lui la culpabilité qui aurait pu s'installer.

Elle était sereine, heureuse du peu qu'il lui donnait. Sa main, sa voix lui suffisaient.

Le premier tango l'avait fait frémir. Elle avait eu peur de le décevoir, elle était vraiment malhabile. "Si je puis me permettre", avait-il dit, à propos de son attitude. Demeurer sur son axe ! Elle mettrait des années à le trouver cet axe ! Elle était tellement bien contre lui. Elle avait tendance à se serrer très fort. Mauvais placement. La tanguera ne doit pas s'appuyer sur le partenaire.

Comme des adolescents ils se virent. Dans la voiture, dans le parc. Il la suivait parfois jusque chez elle. Il lui téléphonait. Elle faisait des kilomètres pour le rejoindre. Car son destin c'était déjà lui. Uniquement lui. "Je ne me comprends pas", affirmait-il. Elle ne voulait pas entendre. Balayant ses doutes, ses explications. Ecartant certitudes et incertitudes : je ne quitterai jamais ma femme, je ne veux pas te faire mal, et que penserais-tu d'un homme sans lucidité.

Une seule chose comptait, le regard qu'il posait sans cesse sur elle. Les mots qui décrivaient leur premier abrazo intime: j'ai aimé, j'y pense sans arrêt, murmurait-il.

Elles étaient ce soir-là à Aubagne, dans un quartier bourgeois. Des escaliers grinçants, des pièces immenses aux très hauts plafonds, et un plancher accueillant pour les tangueros. Sur les murs, des huiles représentant des scènes particulières. Des hommes distingués. Des femmes en robes longues fendues, jambes nues. Tessa et Lucile, toutes deux novices, essayaient de repérer :

-Là, tu vois Lucile, elle fait un planeo[viii].

-Et là c'est une pasada[ix] ?

-Dis, quand on saura faire ça !

Elles s'émerveillaient de tant de prestance et de grâce. Se disant aussi qu'elles n'atteindraient jamais un tel niveau de technique. Vu leur âge et bientôt une souplesse défaillante ! Lucile était gaie et directe. Tessa aimait les sorties avec elle, dans la sérénité.

Pablo les avait rejointes. Il semblait s'intéresser à toutes deux. Mais il regardait Tessa à la dérobée depuis son arrivée. Quel bonheur de se sentir exister de cette manière. Lorsque vous deveniez importante pour un être en particulier. L'épouse de Pablo parlait chaussures avec des copines. Pablo refaisait l'histoire du tango. Leur hôte dansait avec son ami. L'agilité du couple était remarquable. Pablo admirait. Oui, reprenait-il. En argentine, il y a un siècle, beaucoup d'hommes évoluaient ensemble. Mais ils n'étaient pas forcément homosexuels. Les femmes sortaient peu le soir et ils en étaient venus à s'amuser entre mâles. "Est-ce pour cette raison que le milieu du tango est un peu macho ?" S'exclamait Lucile…

Tessa portait un dessus saumon en soie légère. Dessous, une chemise blanche avec large broderie. Joris était venu l'inviter. Grand, habillé de sombre, il avait belle allure et la dirigeait d'une pression assurée. Il était flagrant qu'avec un bon leader, tout était facile. Surtout si la confiance était réciproque.

Lucile raconterait : "A un moment, tu es passée près du ventilateur. La mousseline s'est envolée, laissant voir les dentelles blanches. C'était très joli avec le cavalier en noir. Derrière moi, j'ai entendu : il y a du vent dans les voiles, constatation légèrement réprobatrice d'une voix féminine !"
Lucile et Tessa réalisèrent très vite qu'il y avait rivalité entre tangueras. Certes, on manquait de guides. Dès lors que vous n'aviez nulle envie de faire tapisserie toute la soirée, il fallait user de votre charme physique ou intellectuel, de votre habileté pour être remarquée. De là tout un arsenal d'armes cachées ou visibles, suivant la personnalité de la demandeuse. La jeune timide pouvait appâter grâce à sa beauté. L'enjôleuse peinait davantage, la durée de son combat dépendait du caractère de sa victime, têtu, égocentrique ou faible ou altruiste. Certaines reproduisaient dans les bals ce qu'elles vivaient dans la vie. Une facilité hypocrite à mentir et faire semblant pour obtenir ce qu'elles désiraient. "C'est un jeu" disait Pablo. Une saynète un peu humiliante pour celle qu'on examinait avec dédain. Pour la moins attirante, la moins douée qu'on remerciait poliment : "je suis fatigué", "je fais une pause". Il était dur pour l'amour-propre de voir l'objet du délit partir vers une autre immédiatement.
Il y avait ceux qui ne savaient pas dire non. Mais leur rythme était tellement triste alors, sans appétit, sans énergie, que la fin de la tanda était bienvenue. Tessa disait merci au moment où elle libérait le détenu, mais elle se jurait bien de ne plus jamais l'emprisonner !
La grosse question était : avoir la connexion ! Il fallait s'accoutumer aux milongas pour concevoir que l'étreinte réussie n'était pas courante. Une personne qui plaisait au départ pouvait répandre un parfum inacceptable. Quelques minutes étaient nécessaires pour s'adapter à l'abrazo, à la façon de se déplacer. L'état d'esprit du partenaire était très vite perceptible. Ou il se plaignait sur-le-champ, semblant

accuser le suiveur d'une mauvaise entente. Ou il était extrêmement bien élevé, s'excusant pour le moindre dérapage. Si elles ne voulaient pas faire fuir les compagnons éventuels, il est sûr que les dames avaient intérêt à sourire béatement des défauts virils. De coquines esclaves ne s'en privaient pas. Lucile et Tessa riaient de ces constatations. Tessa se révoltait parfois : pas possible, on ne fait pas mieux que les intrigantes des siècles passés ! A la colère succédaient ironie et tristesse… Mais arrêter le tango ? C'était méconnaître les passions qui étaient en train de s'emparer d'elle, un tsunami de sentiments et de sensations qui allaient dévier son cheminement.

Elle l'attendait, il l'attendait. Et parce que leurs pensées se rejoignaient, ils formaient un seul être léger. Un genre de bonhomme élastique qui se déplaçait par bonds. Le rythme était celui d'un cœur qui battait la chamade. Qui éclatait de joie et sautillait d'un endroit à l'autre. Recherchant la gaieté et la ferveur de la vie.

Ils ne voulaient pas faire l'amour. Ils se cherchaient des excuses. Ce n'est pas physique, disait-il. Elle avait peur de lui déplaire, disait-elle : si mon corps n'était pas à ton goût ? Il avait peu de mots. Mais ses silences étaient tellement pleins, elle les adorait et les traduisait. Ils se posaient des questions comme des enfants. Lui : si je t'avais connue plus tôt ? Elle : supporterais-tu mon caractère ? Leurs réponses étaient des balbutiements attendris. J'aime tout ce que tu es, murmurait-il.

Ses yeux étaient noirs, tranchant avec le turquoise de sa chemise. Elle le trouvait magnifique. Tant de finesse l'enchantait. Elle violait sa pudeur effarouchée qui peu à peu sautait les barrières de l'interdit. Passant du bal au rendez-vous caché, ils jouissaient délicieusement de l'émotion de leurs regards. Qui les amenait ensuite à caresser et palper. Ce qu'ils avaient senti pendant l'abrazo, ils le faisaient renaître. Et l'accouchement de leurs désirs était une cascade charnelle. Qui les arrosait de vive passion.

Quand tu danses…
Ton corps devient anguille,
Il tourne et vrille.
Ta cuisse joue avec la mienne.
Tu donnes un ordre
Et ma jambe s'élance,
Venant se nouer avec la tienne,
Chatouillant nos sens
Et les exacerbant,
Les élevant et les perdant.
Tes doigts s'agrippent aux miens,

Un moment prisonniers,
Un instant passionnés.
Tu leur rends liberté
Bien à regret.
Tu touches mes bouts de seins
Avec ta poitrine en attente.
Tu caresses la courbure de mes reins
Vers de chaudes frontières qui te hantent.
L'une contre l'autre nos joues se calent,
Leurs tendresses se fondent
En une intime sensation,
Qui encore timide et immature,
Ne sait par quel chemin on dure,
Se demande avec exaltation
Si elle doit continuer à grandir,
Ou bien tranquillement se tapir…

Ces courts moments où ils se voyaient, où ils s'étreignaient secrètement étaient des joyaux dérobés. "Tu es parti trop vite" soupirait-elle le lendemain, au milieu d'une danse. "J'avais encore plein de choses à te dire". "On ne peut parler et s'embrasser" répliquait-il avec sa logique d'homme.

Ses coups de téléphone inattendus étaient des cadeaux merveilleux. Tant d'attention pour elle la surprenait. Tant d'amour peut-être ? Il se réveillait plusieurs fois la nuit. Et pensait à elle. Il se posait des questions : "jusqu'où vais-je aller ?" Elle n'avait pas de réponse. Elle était sans contrainte, elle. Prête à tout donner. Alors qu'il avait ses chaînes. Qu'il ne casserait pas. Et il l'affirmait. Comme s'il avait peur qu'on le lui impose. Comme s'il avait peur d'un dénouement indépendant de sa volonté, contraire à ses principes, opposé à sa droiture.

Le voyage de Tessa devenait un délice solitaire. Les gens autour d'elle la gênaient. Parce qu'ils l'éloignaient de lui. Elle avait besoin de calme. Pour penser à lui. Être avec lui en dehors de sa présence. Dans une sorte de fusion irréelle. Elle se demandait parfois s'il vivait une odyssée identique. Mais elle rejetait la question promptement. Se disant qu'ils étaient inverses. Et qu'ils ne pouvaient avoir des ressentis analogues. Il n'avait pas de mots tendres pour la nommer. C'était trop tôt. Trop surprenant. Il n'avait pas voulu ce sentiment naissant.

Quand un couple est amoureux, au tango, cela se voit. Quand un bon danseur invite trop souvent une débutante, cela semble bizarre. Déjà une mauvaise langue avait décrété: elle danse mal. Un ami de sa femme avait dit : tu danses trop avec Tessa. Et pourtant, ils obéissaient aux codes : une seule tanda par soirée avec une tanguera. Et elle maudissait déjà cette loi ancienne plus ou moins respectée. Car une bonne entente entre partenaires suscitait maintes rencontres avec la même cavalière. Surtout si celle-ci était venue quémander…

Elle n'exigeait pas. Elle attendait.

A trop t'attendre
Le temps s'enfuit
En riant et se moquant.
A trop t'attendre

La vie s'écourte
En gémissant et geignant.
A trop t'attendre
Mon cœur te cherche
Craignant de te perdre
De ne jamais te retrouver.

Se réfugiait en elle une immense nourriture d'amour. Il la regardait quand elle tournait avec un autre. Quand elle était seule sur sa chaise, telle une statue, il lui jetait un regard à chaque passage devant elle. Mais elle s'ennuyait parfois. Tant de jolies dryades recherchaient son amant. Et les cavaliers de son âge l'invitaient peu. Ils préféraient les tendres sylphides, malgré leur manque de méthode…

Le chemin de la passion est accidenté. D'énormes branchages le cachent. A l'abri des regards, le petit poucet avait semé ses cailloux : dans un tas de petites cases dispersées. Ah ! Pablo qui aimait les éléments alignés, l'ordre établi ! Ah ! Tessa qui voguait, basculait de pierre en pierre. Beaucoup plus fantasque. Patiente car la route était longue. Leurs cuisses se frôlaient sans oser s'attarder. Ils n'osaient pas casser le rêve qui leur était offert. Ils convoitaient de s'insinuer à l'intérieur de l'autre. Mais craignaient que la sensation physique brise l'éclat du sentiment.
Il l'appelait : "je viens te parler".
Et s'il la quittait ?
"Je croyais qu'attendre était un supplice.
Non c'est une joie.
Imaginer tes yeux brillants,
La moiteur de ta bouche,
Te sentir déjà contre moi,
Cœur battant au diapason du mien,
Peau brune effleurant peau claire,
Goûtant le plaisir de la chair.
Non tu ne peux pas oublier.
Tu ne peux pas t'en aller."
Il arrivait. Et leurs bras ignoraient les errements, les questions.
Il lui faisait ce cadeau extraordinaire. D'aimer comme un esprit. Ce que les hommes veulent souvent donner, il ne pouvait le faire. Il était tellement au fond de lui. Il ne pouvait consommer en mâle. Sa tête se perdait trop dans l'amour pour que son corps le suive.
Et puis…
Elle n'avait jamais autant joui de cette félicité. Effleurer un sexe. Elle l'amena tout doucement à être entouré, possédé par le sien. Sa pudeur à lui se trouvait dominée et souffrait. Mais pour elle, quelle agréable exultation. D'avoir convoité

puis récolté les fruits d'un intense embrasement. Quelle plénitude entière quand les baisers avides et les frémissements insidieux les révélèrent chastement l'un à l'autre.

"Où allons-nous ", soupira-t-il.

Je pense à toi
A ton front sans nuages.
Tu as ces petits yeux
Que souvent tu fermes
Quand tu es en moi.
Sans doute pour mieux me sentir.
Pour atteindre ce qu'on ne peut dire.
Ton beau corps est lisse,
Il vole vers moi.
Et mon rêve le caresse,
Et mes doigts le tapissent
De doux gestes insensés.
Mes mains paressent,
Car c'est folie de toucher,
C'est folie d'aimer.

Elles avaient fait quarante km. Elles s'étaient enfoncées dans la grande cité. Bien après la sortie d'autoroute tu tournes à droite vers le centre de Marseille, avait dit Pablo. Tessa conduisait, elle partait à un rendez-vous. Il serait là, il lui jetterait un regard quand elle arriverait. Même s'il était en train de danser. Car bien sûr il sentirait sa présence. "Tu verras, l'ambiance est formidable. Les Marseillais sont très conviviaux".
Lucile était attentive aux panneaux. Car Tessa voyait mal la nuit. Enfin le théâtre. Une place à traverser. Trois escaliers à monter. La salle était grande et parquetée. Le DJ offrait une musique classique. Di Sarli [x]? Piazzolla [xi]? Tessa ne connaissait pas encore les grands maîtres de la musique tango. Elle aimait ces accents plus ou moins plaintifs et languissants. Elle ne comprenait pas les paroles. Mais il semblait bien que la plupart des chansons relatassent des chagrins d'amour…
Bien entendu, lorsqu'elle surgit, Pablo dansait avec Hilde, la brune italienne. Visage très typé. Excellente danseuse. "Elle écoute bien" disait-il. Et ce sourire jouissif qu'elle avait dans ses bras ? Et cette complicité qu'ils semblaient nourrir tous les deux ?
Elle entretenait Pablo de sa jalousie naissante.
"Mais non, c'est une bonne copine", affirmait-il.
C'était bizarre. Tessa avait de la sympathie pour la femme de Pablo. Elle avait admis qu'il se partageait entre elles deux. Et puis ? N'avait-elle pas pris le meilleur de cet homme ? Par contre, toutes ces jolies séductrices qui travaillaient dans l'ombre lui faisaient peur. Aurait-il la faiblesse un jour d'écouter leur verbiage ? Serait-il sensible à leur parfum ? Une pression de joue, un effleurement des seins pourraient-ils le déstabiliser ? Il était si naïf qu'il ne voyait pas l'hypocrisie. Il y avait un calcul adroit pour se mettre en avant. Elle se doutait qu'il y avait ensuite une

perfidie. Pour aller plus loin dans une relation qui, au dire de certains ne devait durer que quelques instants…

-Tu y crois, toi, à cette légende : on vit une histoire d'amour de trois minutes ? Disait Lucile, inactive sur son siège depuis longtemps.

-Vu notre niveau, je pense que nous n'en sommes pas là ! On verra ! Pour le moment, il faut essayer de suivre nos leaders. J'ai l'impression de ne pas réaliser du tout la "salida"[xii] que nous avons apprise au cours ! Je ne reconnais pas les pas !

-Je suis sans arrêt à essayer de ramener mes pieds l'un contre l'autre. Et souvent je n'ai pas le temps !

Elles avaient la chance d'être à deux. Elles bougeaient peu. Invitées quand elles arrivaient pour la première fois dans une soirée, elles étaient vite délaissées au profit de plus jeunes ou plus douées.

-Si on ne danse pas, on aura du mal à progresser, disait Lucile.

-Oui, il va falloir s'accrocher ! Regarde Hilde, elle n'arrête pas de tourner !

-Elle est venue avec des copains, ça aide pour les invitations!

-Et Pablo est allé vers elle deux fois !

-Oh là ! Tu comptes ?

Heureusement, au bout d'une heure, Pablo était venu la chercher. Elle devenait triste et son visage devait s'allonger. Mais dans les bras virils, la félicité reprenait. "Je pense à toi, mais je ne peux pas te sauter dessus dès le début du bal" murmurait-il. Elle ne répondait pas, tellement ravie de se blottir enfin contre lui. Elle se posait sur lui. Et elle était lourde assurément. Elle prenait possession de son seigneur. Rien ne comptait que son odeur, la force de ses épaules et leurs joues accolées. Sans doute était-il heureux lui aussi puisqu'il évitait de la conseiller. Il connaissait bien les difficultés de la progression. Il savait qu'il fallait des années de travail pour s'améliorer.

Pablo avait dit qu'il n'aimait pas embrasser. Quelque chose s'était produit. Qui bousculait ses convictions. Un elfe lumineux naissait, sortant de sa caverne. Un sylphe moins figé. Qui allait sourire. Qui allait donner des baisers. Ils parlaient. De leur itinéraire, de leurs passions, de leurs lectures. Il se rappelait son grand-père espagnol. Elle se souvenait de sa grand-mère flamande. Il avait aimé comme elle "Les petits chevaux de Tarquinia"[***]. Il se reconnaissait dans l'homme du bateau. Qui disait à Sarah : je me suis aperçu de ton existence. Il le pensait, c'est ce qui était arrivé, progressivement mais durablement. Leur rencontre avait modifié des fragments en lui. Un choc avait obscurci le passé. Et plus trivialement, il voyait un changement de direction. Une pierre jetée sur une eau limpide. Était-ce la naissance imagée d'un sentiment ?
Mais ensuite l'amour devait grandir :
D'où me vient
Ce besoin
De te connaître,
Cette envie
De te poursuivre,
Cette volonté
De t'atteindre.
Tu t'échappes
Et je te rattrape.
Tu détournes les yeux
Et je les cherche.
Quelle éternité
Te faudra-t-il
Pour être mien
Et rompre tes liens.

[***] Marguerite Duras.

Elle ne demandait pas. Il donnait. Comme un fou. Qui ne savait pas garder. Sentant confusément qu'il y aurait un prix à payer.

Il y avait sa vie d'autrefois. Et il y avait Tessa avec son extrême sensibilité.

Il commença à se sentir coupable. Pas fier de lui. Ce qu'il avait reproché à son semblable, il le faisait. Il était bien avec elle. Mais malheureux ensuite. Je ne veux pas te faire de mal, disait-il. Et elle pleurait.

Elle pensait à lui avec moins de légèreté.

"Tu as des choses à me dire
Mais tu ne les dis pas.
Les mots sont si forts
Que je les sens,
Bien avant qu'ils
Ne soient paroles.
Une pression de ta main
Est un soutien.
Un frisson de tes lèvres
Une promesse.
Un souffle sur ma peau
Un espoir.
Le temps n'est jamais long,
Il est rempli de ton être.
Je ne suis plus seule,
Tu es toujours avec moi."

Ils avaient pris une route facile. Le jour le soleil brillait chaudement. La nuit les étoiles scintillaient. Ils avaient nié la force du prochain. Une fausse amie avait dit à sa femme : tiens, la blonde n'est pas là aujourd'hui, elle ne va pas mettre le grappin sur ton mari… Ah ! La vilaine "rubia"[†††] qui avait eu celui que les autres convoitaient…

---

††† "blonde"

Il la choisissait une seule fois dans la soirée. Quel chemin parcourir désormais ? Certainement à l'ombre des regards, sans trop exiger.

Elle craignait le futur maintenant :

N'oublie pas
Mon visage quand tu m'aimes,
Ton regard dans le mien,
Mon corps quand tu le presses,
Ton sexe dans le mien,
Mon cœur quand tu le touches,
Tes doux mots et les miens.

Elle avait une robe noire. Courte et moulante. Le profond décolleté était à peine caché par un voile transparent. Il lui avait dit que peu de femmes pouvait porter une telle robe. En dansant il avait respiré une fois de plus son parfum. Le camélia. Il avait envie d'elle. Cependant il restait très vertical, le tango argentin le conseille. Elle avait eu droit à une deuxième tanda dans la soirée. Mais comme elle avait attendu. Repérant sans arrêt avec qui il était. Souffrant des manœuvres à peine dissimulées des séductrices… Des regards pleins d'intérêt n'avaient-ils pas gonflé l'ego de son amoureux ?

Elle savait que lui aussi l'espionnait, se méfiant des dragueurs. "Le fou" était grand, impeccable dans un costume gris. Il faisait tournoyer les dames. Elle le trouvait sympathique. Il lui parlait d'un tango différent qu'il enseignait en Espagne. Il y allait évidemment de sa ritournelle. Evoquant son plaisir à avoir de belles créatures contre lui. Il la maintenait avec force. Il expliquait qu'elle devait écouter, suivre. Obéir ? Rétorquait-elle en riant. Non, pas du tout, la tanguera est une reine et je suis à ses pieds. Ne désirant que son bonheur ! Et là-dessus il la faisait sauter. C'était drôle, aérien. Tessa s'esclaffait. Bien sûr Pablo insinua : je parie qu'il t'a fait la cour ! Jaloux ? Non les hommes reconnaissent difficilement cette réaction envers un mâle. Ils affichent plutôt le mépris. Trouvent une raison de rabaisser le concurrent. Pablo haussa les épaules : il bouge trop, il nous accroche avec sa gymnastique ….

Si Tessa plaisait et attirait par son physique, il était flagrant que rapidement les séducteurs comprenaient : elle n'était pas une proie facile. Elle ne recherchait pas l'abrazo serré. Elle ne se frottait pas contre le cavalier. Elle n'avait pas d'étiolement perfide. Et son regard se promenait sans arrêt pendant la danse ! Pourquoi ? Parce qu'elle s'inquiétait, voyons ! Où était, que faisait son Pablo ? Elle l'avait perdu de vue !

A St Cyr. Dans cette belle salle ornée de miroirs, la romance entre les deux amants était cachée mais d'autant plus excitante. Ils étaient de la même taille, elle regardait leur image, leur reflet lorsqu'ils évoluaient ensemble. Elle savait qu'ils étaient beaux et convoités.
Vers minuit, elle enleva ses chaussures. Elle allait rejoindre sa voiture. Il était là. En haut des marches. Elle était étonnée. Elle posa sa main sur la sienne. Mais il voulait l'embrasser. Furtivement.
Il envoya un mail : j'ai beaucoup aimé le petit au revoir d'hier. Dans l'escalier. Avec un baiser volé. A demain pour d'autres….

Il courait. Il disait : je passe cinq minutes. Et il restait des heures. Le feu crépitait dans la cheminée. La flamme montait, de plus en plus forte. Puis s'éteignait et enfin se ravivait. Ils avaient chaud, l'un contre l'autre. Ils étaient bien. C'est comme la flamme d'un cœur, dit-elle. Comment est ta flamme, Pablo ? Oh là là, les femmes, vous avez de ces questions ! Ils riaient, car oui, les hommes sont bien peu romantiques… Ou ne le montrent pas. Ils parlaient aussi d'Angélique. Les cavaliers la confondaient avec Tessa. Tu sais bien que nous nous croyons toutes uniques ! C'est vexant d'être doublée ! Il cherchait une raison : oui, la taille, la blondeur, une manière très féminine de s'habiller. Bref, elles se ressemblaient. Ils étaient souvent contraires dans leur façon d'appréhender. Elle finissait par bondir, par exploser ! On ne pourrait pas vivre ensemble ! Je te calmerais, répliquait-il gentiment.

Vivre ensemble ? Il n'en était jamais question, bien sûr. Elle le savait. La famille. Les enfants, même envolés. Le devoir…

Elle avait mis un CD de Jorge Falcon. Les sons étaient exaltants. La faisait s'élever, planer. Elle affirma que c'était là une musique de l'amour, de l'acte amoureux. Une musique du plaisir. Qui emporte. Qui d'abord langoureuse, hurle ensuite et soulève. En un coup de vent. Les r qui voltigent. Ça grince, ça craque, ça accroche, comme dans un couple ! Ils avaient déplacé le tapis et exécuté une danse sensuelle. Evacuant leur trop plein de volupté. C'était un tango magique qu'ils ne pouvaient enfanter en soirée, à découvert. Un tango unique, sans travail, sans calcul. Au rythme de leurs cœurs. Dans la liberté totale des corps. Les pétales de tissu s'amoncelèrent. Leur peau nue reçut l'ardeur ressuscitée des tisons incandescents. Le soir qui tombait donnait du mystère à leurs enlacements. Et finalement les conduisait à un accouplement de bêtes blessées. Recherchant dans les origines du monde l'assouvissement

des désirs charnels les plus primaires. Un prédateur triomphant et amoureux. Une louve consentante et comblée. Voilà ce qu'ils étaient devenus, au son des bandonéons…
Lorsqu'il partit dans le noir, une rafale de neige les recouvrit de sa candeur. Un cadeau du ciel tellement rare dans le sud… Il la regarda longuement avant de monter en voiture. Aucun mot. Mais un déferlement de tendresse et d'amour.

Il venait à l'improviste. Pour lui dire qu'il l'aimait. Pour la voir. C'était un être sincère. Placide. Tu es sortie aujourd'hui ? Il n'écoutait pas la réponse. Elle était là, c'était ce qui comptait. Elle était là depuis deux ans. Se contentant de ce qu'il apportait. Heureuse, remplie de lui. Il reviendrait. A l'heure dite, personne. S'il ne venait pas ?

Je t'attends.
Combien de temps.
Tu n'es pas là.
Le ciel est bas.
Tu n'arrives pas.
Mon cœur est las.
Tu ne m'aimes plus ?
Tu ne vis plus ?
Au bout de la rue,
Notre amour s'est tu.

Enfin la voiture blanche longeait la maison. Il était là. Elle oubliait ses craintes. Je ne peux plus me passer de toi, disait-il. Elle n'imposait pas. Elle avait souhaité toute sa vie une telle relation. Pas question de détruire cette symbiose. Entre les caresses et les mots. Sa féminité était là pour le séduire. Dis-moi des choses en espagnol. Il riait. Tu veux que je te dise je t'aime en espagnol ! Il n'était pas dupe. Mais il jouait. Elle goûtait avec ravissement les "te quiero"[xiii] entre deux draps. Et il irait plus loin sans qu'elle lui demandât. Extirperait des phrases que certainement son ancêtre disait plus facilement. Et sans traduire exactement, elle comprendrait qu'il parlait de son désir. De son émotion intime à lui faire l'amour. De l'indicible effet que procurait le toucher de sa peau. Sachant très bien qu'en lui faisant plaisir, il augmenterait son envie à elle. Que les roulements de r, ainsi que des roulements de tambour, scanderaient leurs ébats. Les transportant dans l'infini de leurs sensations. Les élevant dans des espaces qu'ils n'avaient jamais connus.

Elle avait souvent remarqué la métamorphose de l'homme dans l'acte physique. Cette fois encore davantage. Pablo atteignait une nouvelle nature.
Dans la vie, il avait un air bloqué, rigide. Le tanguero tenait les femmes contre lui avec froideur. Il semblait que le contact de leurs seins ne l'émût aucunement. Il était très préoccupé par ses pas et ses figures.
Dans les bras de Tessa, une souplesse ardente dynamisait son corps. Son visage reflétait une plénitude et une vivacité inhabituelles. Tu es mon Tarzan, disait-elle. Devenait-il lui-même ? Se libérait-il ? Ou quelqu'un d'autre naissait-il, qu'elle n'avait jamais côtoyé ? Une essence de la forêt ? A moitié créature aimante, à moitié faune bienveillant ?

C'était la Saint Valentin. Il devait la souhaiter à deux femmes. L'une avait les cadeaux. Et l'autre ?
Il était silencieux. Comme souvent. Tourmenté. Trop coupable. Faut-il arrêter, disait-elle.
Leur union avait une force décuplée quand ils étaient tristes. Quand ils songeaient à se quitter. Ils se donnaient davantage. Désespérés. Dans la délectation de l'instant qui ne reviendrait pas. Dans le délice d'arracher tout ce qu'ils avaient de superbe. Et qu'ils ne pourraient jamais partager avec autrui.
Il était au-dessus d'elle. Et la pluie tombait de ses yeux marron. Et l'eau ruisselait dans les prunelles bleues de Tessa… Il pleurait. Il se sauva.
Elle était seule, le soir. Perdue dans ses pensées. Elle savait que tout s'arrêterait. Mais pas si vite ! Non, pas si vite. Car les années ne comptaient pas. C'était hier n'est-ce-pas, qu'ils s'étaient rencontrés, regardés ?
On avait sonné à la porte. Elle n'avait pas ouvert car il faisait noir. Et puis elle avait entendu le bruit d'un moteur. Elle avait couru. C'était lui. Il l'avait entourée de ses bras. Avec une douceur extrême. Je ne t'ai pas assez dit que je t'aimais, lui chuchota-t-il.
Il continua à venir la voir. Parfois l'après-midi, parfois le soir. Parfois rapidement avant son cours de tango. Elle le retrouvait alors quelques heures plus tard dans une pratique. Toujours très recherché, entouré. Il y avait peu de cavaliers. Les tangueras faisaient souvent banquette, attendant d'être élues. Bien sûr le tanguero était roi. Et Pablo d'autant plus qu'il était séduisant et parfumé.
La brune Apolline le suivait du regard dès son arrivée. Elle allait le chercher plusieurs fois dans la soirée. Il ne disait jamais non. Il était manifeste que cette célibataire aux magnifiques cheveux noirs était lourdement amoureuse. Sa poitrine opulente contre celle de Pablo inquiétait Tessa.

Mais non, je danse toujours serré, répliquait-il. Il riait avec Apolline. C'est une copine, elle danse bien, disait-il.
"La frisée", la cinquantaine chaleureuse, avait un arrière-train imposant. Elle aussi venait dire bonjour à Pablo et discuter, c'était une manière de l'assiéger. Que cherchait une femme mariée, seule dans toutes ces soirées ? Aguicheuse et majestueuse, elle passait d'une robe longue qui l'amincissait à une mini-jupe qui dévoilait trop l'épaisseur de ses cuisses.
Carole était un genre de petit cochon boudiné. Un sourire permanent et figé tentait de la rendre jolie. Elle avait dû faire de nombreux stages car sa technique était parfaite. Elle ne semblait pas douter de son charme.
Aucune n'aurait confessé les moyens qu'elle utilisait pour être repérée. Cela dépendait de la finesse, de l'humeur mais aussi de l'âge !
Pierrette, la doyenne de quatre-vingts ans, le dos voûté, les jambes squelettiques, était encore coquette. Elle faisait le tour de la salle, recherchant une victime. Elle discourait avec le tanguero de son choix. On était trop sérieux. Il fallait se libérer et s'amuser. Puis elle concluait gaiement : si on essayait quelques pas ?
Tessa entretenait Pablo de son vague à l'âme. Non, elle n'imiterait jamais Pierrette ! Trop vieille pour attirer, elle resterait chez elle ! Elle reconnaissait cependant que c'était courageux de vouloir continuer. Mais elle serait trop fière pour accepter de mendier pareillement. Sachant que derrière, elle entendait dire : je me sauve, voilà Pierrette. Par contre, des indulgents (ou des faibles ?) n'osaient pas dire non.
Ne pas demander conduisait certaines à des soirées monotones. Demander vous faisait souvent dériver vers une "veste" cuisante. Si Tessa était incapable de converser longtemps et hypocritement pour obtenir une tanda, il lui était aussi pénible de demeurer assise. Elle se tournait alors vers son voisin : voulez-vous ? On dira que souvent il se

défaussait ! Pourquoi ? Demanda-t-elle à Cassandre. La réponse fut cinglante : normal, les hommes aiment se faire valoir. Ils apprécient les partenaires élégantes, avec de la méthode. Tu es lourde et tu plies les jambes. Prends des cours de technique femme. Nos enseignements sont faits pour les hommes, pour leur apprendre à guider. Moi j'ai pris des leçons avec un maestro. Et maintenant je m'envole, je me sens déesse !
Pablo pensait aussi qu'une danseuse habile est davantage recherchée. Tessa rétorquait : il y a bien des gamines qui dansent sans arrêt, et pourtant très mal ! Il reconnaissait : ah oui, la chair fraîche ! Et il savait que des prédateurs ne venaient au tango que pour traquer les proies fragiles, qui n'étaient pas toujours complètement innocentes.

Et si le tango nous permettait d'atteindre l'ultra-égoïsme ? L'amour de soi ?
Séduire, être séduit ? Dominer la tanguera. La faire attendre. Lui jeter un regard en dansant avec une autre. Recevoir sa mirada[xiv] mendiante. Puis aller la chercher avec pitié. Quand bon vous semble. Elle pense vous avoir plu. Mais elle se trompe. Vous l'avez agrippée parce qu'elle est belle. L'instant d'après, elle est plus belle encore celle qui frissonnera dans vos bras. Et elles n'auront été que des femelles sous votre coupe. Et plus, si l'une d'elles vient vous chercher, la satisfaction dominatrice de dire non. Sans raison. Pour le plaisir de dire non. Auriez-vous à vous venger d'une tigresse? La fadeur de votre existence vous donnerait-elle soudain les ailes superficielles du pouvoir ?
Happer le tanguero. Le ferrer comme un poisson. Avoir pendant quelques minutes, la sensation de posséder. Car il suffit d'en rajouter un peu. De faire sa câline. D'effleurer le bonhomme. Sa mécanique se met en marche. Malgré son âge, malgré son bedon qui le sépare de vous, il a le démon de midi en lui. Il va croire qu'il vous enchante. Il vous assaillira de mots. Et là vous serez bien gênée. Comment l'arrêter ? Car enfin, vous vouliez simplement danser…
S'il est jeune. S'il vous convient. Il vous faudra du savoir-faire pour l'amadouer. Vous n'êtes pas la seule dans l'arène. Il faudra presque vous rabaisser. A vous alors d'ajouter des paroles. Mais le jeu est agréable et promet un futur plein de réussite. Ainsi agissait Gerda, la petite portugaise à la longue chevelure blonde, visage et corps parfaits. A peine dans les bras de Pablo, elle y allait de son refrain : que tu sens bon, on dirait que j'entre dans ma maison. Lorsqu'il abordait la piste, il la cherchait du regard. Parce que c'est une bonne danseuse, répondait-il une fois de plus aux remarques excédées de Tessa.
Si on était captivé par une sirène, gardait-on ce besoin de parader dans la séduction ? La personne aimée ne vous

suffisait-elle pas ? Tessa ne comprenait pas. Elle qui ne vivait que dans l'attente de Pablo, de ses regards, de ses pensées, de ses visites. Gerda vendait des matelas avec son mari, qui bien sûr ne venait pas au bal. Et Tessa de plaisanter. Tu devrais aller au Portugal commander un matelas et l'essayer ! Pablo n'avait pas de répliques à cette basse ironie. Elle pouvait tempêter. Il restait calme et laconique. Elle finissait par rendre les armes devant son mutisme. Elle essayait de l'ébranler : je ne peux pas vivre avec un homme qui ne parle pas ! Et lui réagissait mollement. Pourquoi voulait-elle tout savoir ? Plus on me demande, plus je me ferme, disait-il.

Avait-il raison ? Il ne fallait pas tout savoir de l'autre ? Conserver le mystère, était-ce un gage de pérennité ?

Elle était souvent seule sur sa chaise. Parler à une collègue ? Les éventuels leaders pensaient que vous souhaitiez discuter et venaient encore moins… Politesse. Et puis les cavalières étaient en concurrence. Elles ne se regardaient pas, occupées à tester leur "cabeceo". Pas facile de faire des copines dit-elle un jour à la grande Sophie. On n'est pas là pour ça ! Fut la réponse glaciale ! Tessa se souvenait tristement que dans le passé elle appréciait les femmes. Des femmes différentes peut-être…

Pour Tessa le temps était long parfois. Elle aussi pouvait plaire. Pas à ceux qui l'ignoraient. Pas à ceux qui avaient la velléité de réveiller leur libido. Alors ? A ces jeunes puissants ? Ce serait une revanche ! La femme mûre et sereine attirait. Le pari s'avérait amusant. Un pari moqueur de cougar avertie…

François aimait balancer joue contre joue. Il était réputé difficile à suivre. Elle s'entendait bien avec lui. Il chuchotait. Nous avons dansé différemment. Je te trouve magnifique. Elle recevait des sms. Je brûle de te découvrir. De t'offrir un café dans ce rythme infernal de la vie. Elle trouvait des excuses pour s'esquiver. Mais Pablo posait des questions.

Elle mentait. Pour la première fois. La conclusion de son amant était toujours semblable : il déambule, celui-là. Pablo voulait-il être le meilleur ? Il y avait une façon, oui, de demeurer le seul. Mais…

Tessa commençait à aller à des bals où Pablo ne venait pas. Elle se disait qu'elle supporterait mieux leur relation en prenant un peu de distance.

La fête de la musique battait son plein. Un orchestre s'était installé aux abords de la rivière. Le terrain était en pente. Il avait été recouvert d'un film plastique. C'était sympa d'évoluer à l'air libre malgré la difficulté à garder son équilibre. Il faisait doux. Les badauds s'arrêtaient étonnés. Elle était venue en jeans. Elle avait mis quand même ses fines chaussures à talons. Elle avait un peu progressé. Pas suffisamment pour se sentir élue des dieux. Les très bons milongueros formaient des paires, un peu méprisantes. Elle était assise depuis un moment. Arriva un monsieur pas rasé. Mal habillé. Il gesticulait tout seul. Il y avait dans ses manières une liberté déconcertante. Une folie. Qui tranchait avec la préciosité, la sûreté des bien-dansants. Il invita plusieurs femmes qui se détournèrent. Il avait bu, semblait-il. Mais il tenait bien droit. Il vint vers elle. Elle accepta. Ils formèrent un duo magnifique. Sans doute tous les deux étaient-ils entrés en connexion, comprenant leur souffrance et leur tristesse communes. Tu es gentille, dit-il, en lui faisant au revoir. Elle se rassit alors qu'il s'éloignait le long du quai. Une collègue vint la trouver, un peu stupéfaite : vous l'avez fait ! Oui, elle avait dansé avec un clochard, et elle avait apprécié. Le tango était là pour agir spontanément. Pour accepter l'authenticité, la vulnérabilité de chacun. Il pouvait aider tout le monde…

Après les vacances d'été il tardait à venir la voir. Il n'était pas fier de ce qu'il enlevait à l'une pour le donner à l'autre.

Enfin il sonna. "Je suis venu te dire que je m'en vais, et tes larmes n'y pourront rien changer " ‡‡‡? Demanda-t-elle courageusement. Non, se défendit-il.

Mais le lendemain, il n'était pas bien.

Elle avait mal de l'attendre.

Elle avait mal de ne plus l'attendre.

Le monde était terne.

Sans vie, sans envie.

Il l'appelait tous les jours. Il continuait à l'aimer. Et c'était suffisant pour elle.

Elle avait assez de sentiment pour le vouloir heureux. Lui rendre son équilibre. Même si cela voulait dire ne pas le toucher.

Il aspirait à lui parler. A la voir.

Il revint.

Une fois par semaine

Il avait quitté ce masque froid, cette rigidité quand elle ouvrait la porte. Il avait un vrai sourire. Il se libérait un peu. Les mots ne sortaient pas. Mais il les enfouissait dans ses gestes. Qui étaient plus chaleureux. Plus envahissants.

Elle avait failli le perdre. Il lui était plus cher. Il ne concevait pas un univers sans elle.

Et encore. Lorsque vers minuit ils quittaient la pratique du jeudi, les deux voitures se suivaient. Elle laissait sa porte entre-ouverte. Il arrivait tel un prince charmant. Rien n'avait changé dans leur rituel. Elle s'approchait amoureusement de son amant. Elle avait la vive tentation de le palper. Mais son corps était plus austère. Insaisissable. De nouveau la peur de rentrer chez lui l'étouffait. Il se taisait. Puis se sauvait.

---

‡‡‡ Gainsbourg

Au bal de Marseille, elle avait aperçu son air perturbé dès son arrivée. Elle était venue seule, dans l'espoir de le voir. Il avait dit bonjour, fait pivoter sa femme, puis ensuite les "enjôleuses". Il n'était pas venu l'inviter. Et comme toujours, la "cumparsita"[§§§] n'était pas pour elle. Elle prit la fuite. Elle courut vers sa voiture. Elle sortit du sombre parking souterrain. Et il pleuvait dru. L'essuie-glace avait du mal à éjecter l'eau. Elle s'arrêta sur le bas-côté. Une infinie tristesse la possédait. Elle éclata en sanglots et pleura. Sa tête était appuyée sur le volant, cherchant un tuteur à son désespoir. Elle rejoignit l'autoroute.

[§§§] "La petite fanfare". Clôture de bal

Ils avaient dansé. Et s'ils se disaient au revoir ? Oui, il voulait bien, il allait venir.
Ils n'étaient plus sur un nuage, ils ne se dévoraient plus du regard.
Il disparaissait. Il évitait sa peau et ses yeux. Il se déguisait en brise légère. La chimère s'évanouissait.
Elle voulait l'effleurer, il ne voulait pas. Je vais te caresser, disait-elle en s'avançant… Non, il se retirait.
Il avait peur d'elle maintenant ?
Je ne suis plus rien, dit-elle. Je n'ai plus de lèvres, plus de seins.
Je sais, dit-il.
Je vais être désagréable, pénible… Tu te rends compte de ma vie ? Tu te rends compte de ce que je deviens ? De ce que tu as fait de moi ? Je craque ! Je n'en peux plus !
A l'évidence, Miguel, un cavalier aguerri, avait ressenti la fragilité de Tessa. Il avait aussi remarqué Pablo. Il ne danse pas avec vous comme avec les autres femmes, avait-il affirmé. Elle n'avait rien répondu. Tard dans la nuit, elle avait reçu un mail plein d'émotions. Miguel le chilien voulait savoir. Avait-elle eu également des sensations ? Il décrivait des fourmis. Et aussi des papillons dans la tête !
Ah non ! Elle ne mentirait pas. Elle avait juste apprécié le talent. Il lui avait fait du bien dans son malheur. Elle n'avoua pas le mal d'amour qui la détruisait …
Miguel revint à la charge. En vain. Elle le vit enfin prendre la route des milongas lyonnaises. Il était accompagné.
Pablo avait demandé s'il pouvait téléphoner. Elle avait dit non. Qu'avait-elle à faire d'un amour platonique ? Et sur-le-champ elle regrettait sa décision. Elle s'était juré de ne plus l'attendre. Elle l'attendait toujours. Chaque jour. A chaque heure. A chaque minute. Elle ne souhaitait qu'une chose : son retour. Elle supportait l'absence qui devait le faire revenir. Elle admettait l'éloignement qui était encore une forme d'amour. Elle avait froid. Elle était seule. Elle était

malade. Il ne venait plus chez elle. Mais il la regardait dans les soirées. Il la cherchait. Elle se languissait de lui parler :

Je dois te dire un secret.
Tes silences, je les aimais.
Et ton air embarrassé
Ne durait pas, je savais.
Dans mes draps, tu étais toi.
Je t'attendais avec joie.
Quand tes yeux buvaient les miens,
Que tes mains creusaient mes reins,
Ta peau glissait sur mon ventre,
Amenant ton sexe tendre
Doucement au fond de l'antre.
Même si mon cœur est à vendre,
Reste bien près de ton corps
Un souffle qui n'est pas mort.

Elle ne connaissait pas l'emploi du temps de Pablo. Elle allait de milonga en milonga. Nice, Martigues, Nîmes, Montpellier. Où était-il ? Un jour elle l'apercevait. Il repartait sans l'avoir invitée. Elle souffrait.

Elle avait passé deux semaines chez sa mère à Bormes les mimosas. Ses promenades le long de la mer la conduisaient vers lui. Les reflets sur les vagues, l'odeur des pins et de la lavande, qu'elle aurait aimé les partager avec lui! La splendeur des lieux était douce à sa peine. Mais ne pouvait guère l'atténuer. Elle était attentive à la petite communauté grouillante. Qui vivait intensément à ses pieds ou dans les cieux. Les lézards se faufilaient et s'éclipsaient comme des amants craintifs. Les guêpes revenaient sans cesse sur elle. Elle devait se fâcher à grands coups de bras pour s'en débarrasser. Des êtres vous fuyaient et d'autres s'incrustaient… Le bruit rauque des mouettes la blessait, l'emplissait de sensations :

J'ai entendu la mouette.
Son cri. J'écoute. C'est le mien.
Elle passe au-dessus des têtes,
Sa vie est dure, elle se plaint.
Et son vol est hoquetant,
Parsemé de noirs malheurs.
Elle continue cependant
A chercher un jour meilleur.
Elle plane, elle plane. Elle vous tend
Un petit air supérieur.
Mais son cœur est palpitant
Et près de vous il se meurt.
Il renaît dans l'azur clair,
Se reflète au creux des vagues,
Se fatigue dessus les mers,
A vouloir offrir la bague,
Au jumeau qui fait rêver.
Puis de guerre lasse il s'endort,
Attendant à la rosée
Un espoir encore plus fort,
Qui permette enfin d'aimer.

Son amie du Lavandou l'emmena à Hyères. La présentant à ses copains. Attrait de la nouveauté ! La blonde longiligne attira les tangueros trapus au teint mat. Soirée sympathique et généreuse. Elle venait d'ailleurs. Elle ne pouvait renier ses origines. Même si elle avait quitté le grand nord depuis longtemps. Il fallait la réchauffer d'attentions chaudes et amicales. Beaucoup dansaient en milonguero, sans avoir suivi de cours. Elle étonna par sa pratique des figures. Comment ? Elle était virtuose du "ocho"? Elle connaissait la "barrida"[xv], la "pasada" ? Par contre elle avait encore du mal à rester sur son axe….

Il s'était incliné devant elle en fin de soirée. Je pensais que tu étais mort, dit-elle.
Elle dansait beaucoup avec des jeunes. Qu'importait s'ils étaient débutants, elle bougeait. Sans trop réfléchir. Le tango vibrait en elle. L'homme vibrait contre elle. Les jambes se frottaient et se repoussaient. Comme des accès de tendresse puis de souffrance. Elle avait un bloc de glace au fond du cœur. Un infini et froid malheur. Elle faisait un voyage qui l'acheminait vers l'oubli de tout. L'oubli d'elle-même.
Il sonna à minuit. Pour montrer qu'il n'était pas mort … Il la convoitait quand il la voyait. Il savait quand elle mettait des bas. Il la regardait quand elle croisait les jambes.
Il téléphona. Il était à présent d'accord.... Pour se dire au revoir. Une dernière fois. Mets ta petite robe noire, que je puisse t'effeuiller. Elle l'avait fait bien sûr. Elle lui avait toujours donné ce qu'il demandait. Lui aussi avait été généreux à sa manière. Sa manière d'homme, pensait-elle en souriant tristement. Car il était gauche et emprunté, l'homme. Et s'il disait : je t'ai donné mon corps, il ne fallait pas hurler : et moi ? Je t'ai donné mon cœur ! Non, dans sa logique virile il avait donné ce qu'il pouvait. Cérébral et sexe étaient liés. Tarzan était dans l'action, pas dans la réflexion. Il fallait se réjouir du beau cadeau. C'était un adieu. Une tempête. Un naufrage. Il ne fallait pas pleurnicher mais au contraire se montrer sous son meilleur jour. Peut-être amener le séducteur sur une rive inconnue. Puisque demain la romance s'étiolerait dans un pays désertique, sans amour.
Tant mieux s'il était choqué… Sous la robe noire, elle avait préparé une surprise. Un feu d'artifice en rose pâle. Un corset inhabituel. Elle avait retrouvé d'anciens CD. Elle l'accueillit avec une musique d'Yves Montand :
"La très chère était nue et connaissait mon cœur
Les yeux fixés sur moi comme un tigre dompté

D'un air vague et rêveur, elle essayait des poses
Et la candeur unie à la lubricité
Donnait un charme fou à ses métamorphoses."****

Ses vêtements glissèrent lentement. C'est elle qui décidait. Comme si cette séquence qu'on aurait pu taxer d'érotisme était son dernier atout dans une partie de cartes qui l'avait malmenée.

C'était aussi une invitation à continuer. Tu vois ? Finalement, tu me percevais mal …

Les rideaux fuchsia étaient tirés. La clarté hivernale était faible. Tessa se tournait vers l'homme allongé sur le lit. Elle remontait sa robe, faisait descendre une bretelle. Laissait apparaître un sein, caressant l'aréole. Elle dansait doucement, se déhanchant. De lents oscillements soulignaient une taille restée fine.

"Et son bras et sa jambe, et sa cuisse et ses reins
Polis comme de l'huile, onduleux comme un cygne,
Passaient devant mes yeux clairvoyants et sereins."

Des fesses charnues bondissaient des dentelles qu'elle écartait. Une toison velue apparaissait entre les jarretelles, à la fois fière et inquiète. Désir d'une ultime empreinte charnelle et éternelle ?

Ils s'étaient battus tous les deux, ravivant sans arrêt le feu qui s'éteignait, et c'est Barbara qui le disait :

"Tu m'as redonné la lumière
Ma fatigue est un oiseau blanc
Qui survole les océans."

Mais pouvait-on renaître encore ?

"Tu sais, au bout de ma vie
Et de tant de nuits
Passées à dire
Je t'aime, je t'aime,
Un jour,

**** Les Bijoux. (Les fleurs du mal. Baudelaire)

Il fallait qu'un jour
Pour moi, ce soit la fin du voyage."
Elle s'approcha de lui. Il l'attira dans ses bras et l'embrassa fougueusement.

A St Cyr, près de la vieille église, l'ambiance était toujours traditionnelle. Pablo y venait de moins en moins. Il se plaignait. Pas de bonnes tangueras. La petite portugaise, l'effrontée qui entrait dans sa maison parfumée, n'était pas là. Avec Tessa, la danse unique était de rigueur. Pablo entretenait une relation à moitié amoureuse. Les chansons parlent pour moi, disait-il. Il égrenait les vers :
"No estás
Te busco y ya no estás "[††††]
Tessa était encore heureuse. Elle balayait le torse adoré et se nourrissait de paroles langoureuses. Sachant que son bonheur ne dépasserait pas la tanda.
Elle écoutait la musique. Les mots espagnols l'enchantaient. Elle aimait surtout ce passage où l'amour était tellement grand. Tellement généreux :
"Qué falta que me haces !
Si vieras que ternura
Que tengo para darte
Capaz de hacer un mundo
Y dártelo después"[‡‡‡‡]
L'extase ne durait pas. Et la milonguera se retrouvait ensuite sur sa chaise pendant des heures.
C'est là que Pekka l'aperçut. Oui elle s'ennuyait. Oui le tango était fait pour les jeunes et jolies nymphes. Elle avait démarré trop tard…
Pekka faisait des bandes dessinées. Il avait travaillé dans le show-biz, avait connu les paillettes, le strass. Il avait

[††††] "Tu n'es pas là
Je te cherche et tu n'es plus là"
[‡‡‡‡] "Comme tu me manques
Si tu voyais quelle tendresse
J'ai à te donner
Capable de faire un monde
Et te le donner ensuite".
(Qué falta que me haces)

enseigné la danse au "Club Med". Il avait fait du théâtre, de la mise en scène. C'était un grand blond, jeune et beau. Il débutait au tango. Tessa parla peinture. Ils dansèrent. Puis reparlèrent. Insatiables. Ils avaient des goûts, des idées similaires. Un frère ? Un copain ? Elle venait de faire une rencontre magnifique ! Quand elle décida de partir, Pekka la raccompagna. Bizarrement, ils se trouvaient là, en haut de ce grand escalier. Et vaguement elle se rappelait un baiser sauvage, quelques années plus tôt, au même endroit. Le temps avait passé. Des larmes avaient coulé. Pablo était en pleine valse à cet instant, ne se souciant pas d'elle. Un blondinet célibataire, sans enfants, riait et la regardait. Pas de logis, pas de travail ? Elle posait des questions. Une complicité s'installait.
Tessa était consciente de ses difficultés. Les bons tangueros m'ignorent, disait-elle à Pekka. Et d'ajouter : avec les mauvais, je ne peux progresser !
Ils décidèrent de prendre des cours avec des maestros. Ils étaient désormais partenaires. Tessa redevenait débutante, la meilleure façon de supprimer ses défauts. Une chance pour elle de rencontrer un être aimable. Qui dès le départ lui parut "avoir le rythme dans la peau". Et déjà une certaine grâce dans ses premiers pas cahotants.
Lorsque Pablo vint la semaine suivante, il sembla inquiet. Qui était ce jeunot ? Il occupait déjà ses soirées ? Elle faisait des km. Elle allait à La Seyne. Pekka y était hébergé par une copine. Elle l'emmenait dans les milongas de Marseille.
C'est mon jumeau, répliquait-elle. On pense de manière identique. Tu es jaloux. Mais non, les hommes ne sont jamais jaloux. Enfin ils s'en cachent…
Je suis seule, toujours seule, ajoutait Tessa.
Viens avec moi. Et elle regrettait aussitôt ce qu'elle avait demandé. Car elle se souvenait. Il l'avait dit dès le début. Il tenait parole… Il ne quitterait jamais sa femme.

Pekka remplissait le vide de ses journées. Elle l'aida à trouver un studio à Six-Fours. Lui donna des meubles, un lit. Pablo semblait plus amoureux. Tessa se sentait plus forte dans son aliénation. Le roi était détrôné. Il n'était plus l'unique. L'inaccessible sans cesse admiré et espéré. Cette comédie avait cessé avec sa maîtresse. Il l'alimentait dans les milongas. Jessica, Edna et Kim pouvaient continuer leurs hallucinantes approches de sorcières. Elles étaient des spéculatrices, de grotesques mendiantes. Allumées par une virilité particulière. Qui utilisait l'aspect physique pour attirer. Car elle en était venue là, Tessa. A comprendre que Pablo, personnage racé légèrement féminin, plaisait par une relative ambiguïté. De son corps et de son cerveau. Il était muet au niveau du toucher. Il ne draguait pas lourdement. Il ne disait pas à ses cavalières qu'elles étaient belles. Ou qu'elles l'enflammaient. Il félicitait finement pour une coiffure ou un vêtement. Et la dame se rengorgeait. Pensant que s'il avait remarqué la robe, il n'avait pu ignorer ce qu'elle cachait… Problème d'ego ? Possible. Mais doit-on continuer ces errements quand on est attaché solidement à une femme ? Tessa s'interrogeait encore. Pablo estimait que les compliments étaient simple galanterie de sa part. Il avait même cette manière de faire dans la vie courante… Non, il était cérébral. Il pouvait tenir ses partenaires coincées contre lui. Jamais ne lui viendrait l'idée d'un rapprochement sexuel. A cette question souvent abordée à propos de Pablo, Tessa pouvait dorénavant répondre. En étudiant son propre comportement. Elle était bien dans les bras de son ami Pekka. Elle pouvait faire des ochos magnifiques. Roulant sa poitrine contre celle du jeune cavalier. Sans aucune arrière-pensée. Leur couple vu de l'extérieur était certes ambigu. Les vingt ans qui les séparaient auraient été acceptables en situation inverse. Si Tessa avait été la cadette ! On lui demanda : c'est ton fils ? Oui, mais je ne couche pas avec lui! Et elle riait ! A quoi bon expliquer ? Qui pourrait

comprendre ce rapprochement ? Des personnes qui "se mêlent et se confondent l'une en l'autre"§§§§ ?
Avec Pablo, le désir avait augmenté pour tous les deux. Aurait-il une fin ? En quête de pureté au départ, où les mènerait le tramway qu'ils avaient pris ? Leur inclination était continuellement refoulée dans les bals. Où ils ne pouvaient se toucher. Une frustration ténébreuse les canalisait. Le pudique Pablo en venait à des approches cachées. La main gauche pouvait furtivement attraper un sein, tandis qu'il psalmodiait :
"Gritar
Tu numbre enamorado
Desear
Tus labios despintados
Como luego de besarlos..."*****
Dans cet amour passion, quelle était la place du chaste sentiment et celle de la vulgaire envie ?
Le "tramway nommé désir"††††† allait un jour s'arrêter. Masculinité et féminité se brouillaient, s'imbriquaient. Pablo devenait fragilité et soumission. Tessa dominait froidement, ne laissant parader que les membres inférieurs. C'est là qu'elle pouvait décider de fioritures. Alors que son buste était en éveil amoureux, ses jambes s'amusaient librement à mystifier. Elle était l'image du bonheur serein et complet, un court instant. Et finalement, prisonnière d'un obscur désespoir, elle devrait bien admettre la fin du parcours. Accepter les derniers sursauts d'un amour en train de mourir...

---

§§§§ "De l'amitié". (Montaigne)
***** "Crier
Ton nom amoureux
Désirer
Tes lèvres démaquillées
Comme après les avoir embrassées..." (Comme tu me manques)
††††† Pièce de théâtre et film. (Tennessee Williams et Elia Kazan)

Avec Pekka ils allaient le dimanche soir à Toulon. Au Barathym, un bistro près du port. Il y avait peu d'espace. Les jeunes habitués formaient des couples indissociables. Cette fois, Tessa abandonnait la façon directe de se tourner vers un cavalier. Non cela ne répondait pas aux règles de cet endroit. Trop clair, pas dans l'attirance. Le mâle aimait choisir. Alors il disait non, tout à l'heure, je me pose. Ou bien il faisait un effort. Et elle subissait des remarques : tu commandes, tu es crispée, tes cheveux me gênent… Pekka s'occupait d'elle heureusement. C'était nouveau pour elle. C'était bon d'avoir un chevalier servant. Elle avait une nouvelle aisance. Pablo n'était pas là. Elle ne se tourmentait plus. Elle pensait davantage à ses pas. Et Pekka était content. Il disait qu'ils progressaient. Et même qu'on les regardait.
Bizarrement, maintenant qu'elle avait du plaisir. Qu'elle était moins stationnaire. Les copines assises avaient leurs réflexions. Ou se plantaient devant Pekka pour le lui prendre. La rivalité et la jalousie se côtoyaient. S'expliquer entre femmes était inutile.
Il fallait faire semblant. Des accointances superficielles et conviviales. Chacun pour soi comme dans la vie de tous les jours… Au moins Tessa avait appris cela. Voilà que désormais on allait la mépriser de tournoyer. De réussir ses pivots. De multiplier les valses rythmées.
Tard dans la nuit, elle reconduisait Pekka à Six-Fours. Ils longeaient les énormes bateaux qui avaient des physionomies sinistres. Les clapotis avaient une allure de bonsoir pacifique. Une espèce d'au revoir à deux créatures qui goûtaient les joies d'une chaleureuse amitié. Dans la voiture ils échangeaient encore leurs impressions. Il était intéressant pour Tessa de comprendre les réactions des hommes au tango. Elle percevait qu'eux aussi peinaient… Pekka pouvait prendre un râteau avec une très jolie fille. Qui dansait depuis longtemps. Et estimait qu'il n'avait pas assez

d'ancienneté. Cela était rare et il le reconnaissait ! Le manque d'éléments masculins forçait la tanguera à éviter les refus. Par contre, il fallait les plaindre ces tangueros ! Parfois ils n'en pouvaient plus, ils étaient trempés ! Alors, tu sais, quand Francine vient me chercher. Et elle reste des heures devant moi, elle me harcèle. Je finis par dire non ! S'exclamait Pekka. Et tu es beau gars, elles sont toutes sur toi, je vais avoir pitié ! Rétorquait Tessa.
Le cours des maestros terminé, ils prirent l'habitude d'aller manger au Buffalo. C'était un moment de détente.
Le monde du tango avait pris un nouveau visage, Tessa se sentait moins isolée. Quelqu'un remarquait avec elle certaines déviances. Ils échangeaient leurs avis sur des comportements bizarres. Que venaient chercher ces vieux messieurs ? Et leurs petites élèves éphémères ? N'y avait-il chez elles que le désir d'apprendre rapidement ? Certes, Daniel n'était pas méchant. Et son plaisir de transmettre devait s'arrêter à la porte des milongas. Par contre Robert poursuivait de ses mails amoureux les oies blanches rencontrées en soirée.
Les deux amis observaient les différentes manières d'enseigner. Il semblait que les profs n'eussent pas des techniques identiques. Esteban prônait l'introversion. Il était très subtil, tout en sensibilité. Camille soignait son lancer de jambe et sa position, il était facile à suivre. Sébastian était aérien avec un abrazo en hauteur, et des figures larges.
Tessa avait aidé Pekka à déménager. Elle l'avait soutenu en face d'un propriétaire peu scrupuleux. Le jeune trouvait en elle un soutien solide. La femme mûre avait du caractère et de l'énergie. Un samedi, ils prirent la route escarpée du Castellet. Là-haut, dans une luxueuse bâtisse, vivait France, une jolie quinquagénaire fâchée avec Pekka. Il s'agissait de récupérer un ordinateur et un bureau. Un attachement particulier avait dû naître et disparaître. Car Pekka était mal à l'aise en face de France qui parlait beaucoup. Comme pour

cacher la gêne et chasser les souvenirs. Tessa sentit sur elle des regards inquisiteurs. Que faisait-elle avec lui ? Était-elle une nouvelle maîtresse ? Sur la route du retour, Pekka laissa éclater sa colère. Le miroir a disparu ! Criait-il. Je n'ai pas réclamé ! Soi-disant que je lui dois de l'argent ! Elle oublie ce que j'ai fait pour elle ! Et elle est pleine de fric !
Il l'avait connue à l'hôpital. Elle était abîmée physiquement et moralement par un conjoint violent. Il l'avait aidée à repartir dans la société des "normaux".
Tessa faisait des kilomètres pour "son Pekka". Pablo semblait accepter cette fréquentation. Sentait-il confusément qu'il perdait un peu de son amante ? Elle reconnaissait ses élans vers le jeune homme. Mais trouvait normal d'aider un ami, si proche d'elle par le côté intello et artistique. Leurs parcours étaient une richesse qui alimentait leurs discours. Abandonné par sa mère à l'âge de trois ans, Pekka avait un traumatisme difficile à évacuer. Par contre Tessa, seule depuis des décennies, offrait la chaleur et l'écoute d'une sœur aînée.
Bien sûr, cela jasait autour d'eux. Mais ils s'en moquaient. Forts de leur innocence et du bonheur que leur procurait une saine relation.
Certaines langues de vipère auraient frémi. Si elles les avaient suivis dans ce magasin de vêtements, une après-midi de printemps. Tessa enfila des robes et des salopettes. Pekka vint jusqu'à elle, regardant l'essayage. Elle était en sous-vêtements, et surprit son regard. N'était-elle pas encore belle, malgré son âge ? Ses seins étaient fermes. Sa taille était fine. Elle pouvait être fière. Mais tristement, jaillissait du fond d'elle-même une supplique : "Pourquoi Pablo ? Pourquoi ?"
Pourquoi n'avait-elle jamais eu ce cadeau : des courses avec lui !

Oui, un jeune l'accompagnait dans les activités journalières. Quelle revanche. Elle existait dans les rues, au restaurant. Elle pouvait se montrer avec lui en plein centre de Toulon ! La vie, ce n'était pas un étouffement, un confinement. L'amour, ce n'était pas la force de l'un. Dans l'acceptation égoïste de la fragilité et du don de l'autre…

Marine avait fait une mirada à trente mètres de lui. A l'extrême bout de la salle. Il l'avait aperçue et s'était levé aussitôt pour aller l'inviter. Marine était une jeune asperge rousse, limite de l'anorexique. Elle se tenait bien raide sur son axe. Pendant toute la tanda, elle eut un air de contentement victorieux. Il avait suffi d'un regard pour amener la bête dans ses bras.

Tessa avait vu. Elle attendait Pablo depuis des heures. Il faisait danser toutes les femmes, disait-il. Mais il faisait danser Marine. Et peut-être qu'ensuite il se souviendrait d'elle….

Le Tango donnait-il le pouvoir à l'homme ? Sans doute. Mais il le conduisait aussi vers ses démons. L'excitation et le désir qui dépassaient l'amour. La sensualité qui écrasait le cerveau. Il suffisait d'un regard pour que l'homme obéisse. Et par cela même se rabaisse. Tessa désirait l'amour le plus fou, le plus grand. Quoi ! Il n'existait pas ? L'homme en était-il incapable ?

Quand Pablo vint la voir l'après-midi suivante, elle lui jeta ses griefs à la tête. L'entretint de toutes ces "excitantes" des milongas. Ces manipulatrices de bas étage qui le poursuivaient. Il sourit. Car il la sentait jalouse et amoureuse. Ah ! Parce que j'ai dansé avec Marine, hein ?

Il la prit dans ses bras. Comme d'habitude, elle pardonna immédiatement. Ils étaient sur un bateau houleux et heureux. Un bateau sans gouvernail. Elle avait toujours cette suprême extase. Lorsqu'un roulis la terrassait. Et lui était incapable de la quitter. Elle lui était indispensable.

Elle le sentait si fort
Cet amour-là,
Il lui faisait si mal.
Elle s'arrêtait de vivre
Pendant des heures
Pour le regarder mourir.
Elle le sentait si fort

Cet amour-là,
Qu'elle se demandait.
Était-il matériel
Ou était-ce un rêve.
Devait-elle se battre
Contre une idée fixe.
Devait-elle lutter
Pour qu'il disparaisse.
Qu'elle puisse encore être elle,
De nouveau exister…

Il avait une fois de plus décidé de ne pas revenir. Il s'était défendu de nouveau. Oui, il complimentait la gent féminine. Politesse. Pour elle, Tessa, les paroles avaient une signification…

Elle pleurait. Il venait. Il l'attirait contre lui. Était-ce de la pitié ? Non, il l'aimait. Il l'affirmait. Mais il était coupable.

Il y avait eu le chagrin. Le jour. La nuit, quand elle se réveillait. On aurait dit que son cœur s'épanchait. Qu'une ouverture béante laissait couler des larmes. Et ce poignard intime venu de la personne idolâtrée n'en finissait pas de ciseler sa peine. Elle dut prendre des anxiolytiques pour dormir. Les cachets firent leur effet. Ils la menèrent dans une sphère nébuleuse, un endroit irréel. Dans ce nouveau pays, elle perçut une renaissance. Elle retrouva des forces. N'avait-elle pas bafoué son identité ? A trop offrir, à se blesser sans arrêt, elle avait perdu ce caractère qui la rendait désirable. Dès lors elle était partagée entre deux sentiments. La tristesse. C'était un deuil de ne plus pouvoir aimer. De ne plus se sentir aimée. Une fadeur s'installait à la place d'une chaleur tendre. Les paroles, les gestes, les caresses s'effilochaient pour disparaître. Il y aurait encore longtemps cet instant sublime. Où le sexe chaud atteignait son but. Et tout au fond du ventre palpitant, éparpillait à bout de souffle ses granules enivrés. Puis venait la colère. La sourde révolte. Il était parti. Il l'aimait donc moins. Aimer moins c'était ne plus aimer. Comment ? Ne plus l'aimer ? La laisser ? L'abandonner ? Elle ne méritait pas cela. Elle qui l'avait attendu pendant quatre ans. Patiemment. Passionnément. Comment pouvait-il la torturer. Et sa colère se transformait en mépris. Ah ! Pouvoir anéantir ce qu'elle avait chéri ! Oui! Détruire ce mauvais génie. Le diminuer puisqu'il la démolissait. Mais quoi ? Un minus ? Incapable de sentiment? Elle avait accepté ça ?

Elle lui en voulait de sa faiblesse.

Mais tourbillonnait en elle une tendresse mortelle :

Mon déserteur tu es parti
Sur un autre chemin,
Me laissant seule
Avec ma souffrance.
Dans ton balluchon ?
Un peu d'amour perdu.
Mon déserteur as-tu songé
Que tu fauchais mon cœur
En plein bonheur.

Heureusement Pekka était là, qui comprenait son désarroi. Il connaissait la secrète souffrance qui affaiblissait Tessa. Elle vivait une passion qui la dévastait. Il supportait mal le chagrin de son amie. Il avait d'abord ignoré le nom de l'amant. Elle n'en parlait à personne. Comme si garder le prénom secret était une façon d'enfermer et conserver son amoureux. Lors d'une milonga, il l'avait observée. Il avait vu son martyr. Pleine d'énergie, bouillonnante lorsque Pablo était absent. Eteinte dès son apparition. Il avait repéré le responsable. Et il voulait qu'elle se redresse. Mais enfin, réagis ! On dirait Cosette, la petite misérable. Arrête ce cinéma ! Toute seule sur une chaise à espérer ! Et lui joue le séducteur !

Elle se confia davantage. Recherchant la lucidité de son ami. Dans leurs échanges, Pablo devint "Pab". Ce petit diminutif tout simple permettait sans doute à Tessa de banaliser le drame qu'elle vivait. De faire de ce sphinx qu'elle adulait une petite syllabe. Une chose qui se disait vite. Ce Pab, cet être qu'elle mettait au-dessus de tout, deviendrait certainement aussi peu important que trois lettres accolées. Un jour… Pourquoi pas ? Le nom disparaîtrait. L'image du tanguero aussi. Et elle serait à l'avenir ce que Pekka admirait en elle : gaieté, vivacité ! Et pourquoi pas bonheur au tango! Et elle serait capable de tricher… Tromper le monde….

Dans les jours qui suivirent, elle reprit des forces. Elle s'habilla avec fantaisie. Elle se maquilla. Elle s'était réincarnée en "Valentine "… Et on lui parlait :
"- Il faut attendre
Attendre ? Attendre quoi ?
Attendre la guérison. La fin de l'amour. Vous souffrez beaucoup, mais il y a pis. Il y a le moment –dans un mois, dans trois mois, je ne sais quand, --où vous commencerez à souffrir par intermittences."[‡‡‡‡‡]
Ah elle voudrait bien, oui, ne pas saigner continuellement. Ne pas avoir ce poids sur la tête. Ce vide en elle qui s'exprimait dans la danse…
Le tango était devenu un gémissement qui n'en finissait pas. Chaque tanguero lui offrait une vague qui s'étalait et repartait. Elle désirait plaire, s'amuser. Elle n'était pas une frivole. Mais la future coquette serait capable d'aborder cette comédie dont Pablo lui avait parlé, au début de leur liaison. Cependant où devrait-elle s'arrêter ?
Et si la jeunette était crédible. Dans une partie un peu superficielle qu'on lui pardonnerait facilement. Car elle avait les atouts physiques. La dame mûre aurait l'inconvénient d'être décalée et facilement grotesque. Aussi Tessa essaya-t-elle d'agir avec lucidité. Le sourire béat des séductrices se transforma chez elle en rictus posé. Homme, je plaisante et vous le savez bien … Mais cherchiez-vous néanmoins autre chose ?
Elle passait souvent cueillir Pekka et ils prenaient la direction de milongas diverses.
Cette nuit-là, ils avaient mis cap sur Marseille. Elle savait que Pablo y serait. A peine arrivée, elle l'aperçut dans un diabolique abrazo avec Apolline. Le fou argentin était là. Elle eut quelques ganchos[xvi] dynamiques avec lui. Décidée à ignorer son déserteur, elle prit du plaisir, même à écouter les

---

[‡‡‡‡‡] "La guérison." (Colette)

courtoisies du bellâtre. Elle ne pouvait s'empêcher de jeter des regards à la dérobée. Apolline allait souvent chercher Pablo. Il était indubitable qu'elle était éprise. Et cela ne déplaisait pas à Pablo. Elle avait de façon intéressée fait amie-amie avec l'épouse. Elle la prenait à part et la faisait rire avec de petites sottises tirées d'une vie médiocre. Pekka observait et s'amusait de cette situation qui agaçait Tessa. Il trouvait Apolline d'un extérieur vulgaire. Il la traitait de "profiteuse en chaleur". Le décolleté voluptueux révélait une sensualité affirmée. La fierté de son corps et d'elle-même avoisinait la bêtise. Il ignorait ses mines avenantes et ses miradas insistantes. Ce soir-là Tessa ne voulait pas laisser prise à la jalousie. Certaines femmes étaient obligées de côtoyer de vieux hommes pour étancher leur soif de tango. Par contre elle avait un partenaire. Un jeune et beau tanguero la chaperonnait. On allait bien sûr la taxer de cougar. Purs convoitise et dépit !
Les conditions de cette soirée où elle était très recherchée lui donnaient la force de répliquer à l'humiliation de la rupture. Elle intéressait des mâles. Elle pouvait oublier Pablo. Dans ses bras, elle n'hésita pas à parler de sa dernière lecture. Elle fit la fière. Elle avait une espèce de contentement à le voir frémir quand elle lui parlait de "vraie guérison". Elle ne se gênait pas pour donner les mots de la grande romancière : "Déjà elle espère un autre amour, meilleur, ou pire, ou pareil à celui qu'on vient de lui tuer"[§§§§§]. Pablo la serrait davantage dans l'abrazo. Il lui caressait le dos. Car quoi de plus choquant : être immédiatement remplacé. Où passait le pouvoir qu'on avait eu d'un seul coup, en décidant de ranger la maîtresse ?
Tessa jubila lorsque Pekka voulut retourner sur la piste pour une ultime tanda On pouvait solliciter une Cumparsita avec elle. C'était tellement nouveau. Pablo était déjà sur le départ,

---

[§§§§§] "La guérison". (Colette)

en train de changer de chaussures. Ils ne s'étaient pas dit au revoir. Mais elle savait qu'il la regardait.

Le déserteur revint... Ce fut des mois de retrouvailles passionnées. Les étreintes inattendues étaient d'autant plus enflammées. L'homme qui se disait serein était perturbé par une relation chaotique. Si elle l'avait enlacé dans l'intimité, elle ne supportait toujours pas de le revoir des heures plus tard dans une milonga. Il y jouait le prédateur. Les femmes le poursuivaient. Il semblait alors oublier Tessa. La frustration était énorme. Il avait droit à une avalanche de reproches au téléphone. Elle n'ignorait pas ce qui se disait entre deux mesures ou ce qui se chuchotait. Elle savait par expérience qu'une pression de la main, une caresse rapide étaient autant de tentations d'Eve. Bien sûr il se défendait. Il n'avait pas répondu à la sortie de Gerda, la vendeuse de matelas : le tango est l'art vertical de ce que l'on fait à l'horizontal, lui avait-elle susurré à l'oreille ! Il avait souri. Mais il reconnaissait qu'il avait été flatté. Et la semaine suivante, il prit même Tessa à témoin. Gerda s'en allait et il la complimenta sur ses immenses bottes guerrières et sa jupe fendue jusqu'au ciel. L'œil du tombeur ! Gerda l'ingénue avait pris son air de gazelle effarouchée et avait balbutié avec un trémolo dans la gorge : Oh ! Pablo, Pablo ! (Mon Dieu, n'en rajoutez pas. Mais je ne demande que ça !)
Pablo racontait par surcroît. Au milieu des ochos[xvii] de la brune Apolline, il avait placé qu'il n'oserait pas la regarder. L'étalage de seins alléchants le gênaient. Tessa réagissait, furieuse. Elle estimait que ce genre de réflexion était une manière d'attirer. Et Pablo de considérer que c'était une simple gentillesse. Les besoins narcissiques de Pablo déroutaient Tessa. Elle voulait être la seule, la reine.
A Cassis, un samedi soir, elle avait emmené Pekka. Il s'occupait moins d'elle. Dans ce milieu essentiellement féminin, il devenait le roi. Comme Pablo... Et il était jeune et sans chaînes ! "Elles me sautent toutes dessus", disait Pekka. Il faisait donc une ou deux tandas avec Tessa. Puis elle le voyait batifoler. Pablo faisait son devoir avec sa

femme. Ensuite il cherchait Gerda du regard et traversait parfois la salle pour elle. Tessa était solitaire.
En fin de soirée, elle aborda Pablo. Elle fit ce qu'elle n'avait jamais fait. Ne pas l'attendre. L'inviter. Eh bien non, voilà qu'il avait chaud ! Il voulait se reposer… Mais cinq minutes plus tard, ne le vit-elle pas dans les bras de Magda ? Elle bouillait ! L'orage grondait ! Il affirmerait qu'il avait eu alors ce pressentiment : je fais une bêtise… Pauvre être naïf et sans tête. Comblé et gâté. Qui ne suivait que ses pulsions. Dans le local à chaussures, ils se retrouvèrent seuls peu après. Inutile de me téléphoner désormais, dit-elle sèchement. Il s'étonna : Ah bon ? Il comprenait légèrement son indélicatesse…
Elle avait décidé de ne plus répondre à ses coups de fil. Elle tint bon un moment. Puis par honnêteté, elle décrocha un jour : "il vaut mieux ne plus se voir".
Il l'appela. Il était en colère. Elle l'avait traité d'allumeur.
Il vint. Il dit vingt fois qu'il l'aimait. Qu'il était amoureux. Il pleura. Elle était inébranlable.
Elle trouva dans sa boîte aux lettres une feuille recouverte d'une écriture soignée :
"Soy como un náufrago en el mar
Sé que me pierdo en lontananza
Mas no me puedo résignar."******
Bien sûr son cœur battait encore pour lui. Elle aimait les phrases romantiques venant d'un homme qui ne parlait pas. Elle avait l'impression de l'avoir fait naître, de l'avoir extirpé de son manque affectif.
La semaine suivante elle fit les 50 km pour Marseille, sûre de le retrouver. Elle ne comprenait pas tous les vers de "Remembranzas" :
"Flor de ma ilusión

******"Je suis comme un naufragé sur la mer
Je sais que je me perds dans le lointain
Je ne peux me résigner davantage."(Remembranzas)

Nuestra pasión se marchitó"[††††††]
Oui, il avait eu cette période où il cherchait à se détendre. La pression avait été trop forte. Il refusait les soucis, la culpabilité. Il voulait prendre de la distance. Comme s'il avait décidé de détruire le sentiment qui l'animait. Il avait joué le gamin avec ces dames.
Mais l'amour n'était pas un jeu. La souffrance engendrée les avait tous deux repliés sur eux-mêmes et conduits au bord du gouffre. Ils n'avaient pas voulu sauter dans le précipice. Ils étaient obligés d'admettre aujourd'hui : ils s'aimaient encore. Était-ce le temps du répit annonçant une autre histoire ?
Et la dernière strophe ? Elle avait retourné les mots dans sa tête, se torturant, était-ce la fin de tout espoir ?
"Olvida mi desdén,
Retorna dulce bien,
A nuestro amor,
Y volverá a florecer
Nuestro querer
Como aquella flor."[‡‡‡‡‡‡]
Sa connaissance de l'espagnol était primaire. Elle ne comprenait pas toutes les phrases… Leur amour allait-il refleurir ?
Le lendemain, elle entendit un bruit de boîte aux lettres. Elle sortit rapidement. C'était lui. Il avait déposé la traduction de la chanson …
-Tu m'as vu ? Demanda-t-il.

[††††††] "Fleur d'une illusion
Notre passion s'est flêtrie"
[‡‡‡‡‡‡] "Oublie mon dédain
Souviens-toi bien doucement
De notre amour
Et à nouveau fleurira
Notre amour
Comme cette fleur."(Remembranzas)

-Je t'attendais…

-Je croyais que tu ne m'attendais plus…

Il se fit prier pour entrer.

-Je veux cesser de te voir. Je dis que je ne t'attends plus. Et je t'attends… Remarqua-t-elle.

-ça a un nom, ça, répliqua-t-il.

-Quoi ?

-L'amour.

Les sorties avec Pekka étaient une détente. Au Barathym, pas de Pablo. Elle respirait. Elle disait facilement: "il ne faut pas tomber amoureux au tango". Parce que pendant des années, elle n'avait vu qu'un seul Apollon. Elle n'avait vécu que pour lui. Pekka disait : ça se sent quand une femme n'est pas libre, elle ne s'abandonne pas. Elle réalisait que les cavaliers éventuels s'étaient sauvés. Elle ne s'était pas intéressée à eux. Elle ne leur avait pas laissé d'espoir… Pas de mirada, pas de cabeceo[xviii]. Elle n'était pas entrée dans la séduction. Quelle bêtise. Elle discernait davantage l'hypocrisie qui permettait l'invitation, certains l'appelleraient adresse. Elle dansait beaucoup avec son partenaire. Elle voulait progresser. Un jour être à la hauteur de Pablo ? Ne plus se sentir inférieure à celles qui l'attiraient par leurs performances. Pekka était débutant mais très doué. Elle reprenait les bases avec lui. Elle intégrait la salida sous diverses formes. Il lui apportait le ressenti des mâles. Elle saisissait maintenant. Tous n'étaient pas machos. Parfois le séducteur se trouvait séduit. Et même il avait ses faiblesses. Des dames d'âges différents pouvaient l'appâter. Anna, solide par ses jambes et sa base massives avait prodigué des caresses en dansant. Les effleurages du tango ? S'étonnait Tessa. Non c'est sexuel, affirmait Pekka. On s'éloignait là des trois minutes platoniques, désir inassouvi et sans cesse renouvelé. Tessa constatait. Chez les hommes, il y avait le tombeur en recherche. Le frotteur qui profitait de la situation. Le professeur qui donnait ses conseils. Enfin le câlineur n'était pas dangereux. Il se suffisait d'un peu de tendresse. Chez les femmes, il y avait la mielleuse qui illusionnait et dupait. La charmante enjôleuse qui avait un succès durable. L'allumeuse qui était démasquée rapidement. Que faisait Tessa dans cette ambiance au départ féerique, par la suite psychédélique ? Certes elle avait remisé un féminisme suranné. Si elle voulait danser, elle devait jouer. Malgré ses efforts, son visage expressif en cas de tristesse ou de colère, n'était pas passé inaperçu. "Je ne l'invite pas, on dirait qu'elle fait la gueule". "Elle regarde autour d'elle en dansant". Sous-entendu, elle n'était pas dans l'abandon ni dans la connexion. Pas intéressante pour le prédateur, le dominateur. Et surtout parfois elle anticipait! Quel crime ! Avec Pekka, elle commença à prendre du plaisir à évoluer. Il y avait entre eux à la fois complicité et respect. Et aussi une volonté commune d'aller loin dans le tango. Ce serait long. Mais pas impossible. Il la tenait avec fermeté et indulgence. Il avait beaucoup de distinction. Elle était fière de lui. Et bizarrement elle était davantage capable d'écouter, de suivre. Ils s'aperçurent de leurs ressemblances. Amoureux de l'art, leur sensibilité était identique. Leur vision du monde et leurs exigences étaient nées de chavirages. Des ruptures gigantesques dans leurs vies. Ils étaient des écorchés vifs. Qui voulaient faire émerger beauté et sensations vraies. Cela se sentait dans leurs gestes. Dans l'énergie qu'ils émettaient. "Je danse avec mon âme" disait Pekka. Oui, enfin Tessa s'améliorait. Quelle fierté lorsqu'elle réussissait une quebrada[xix] ! L'amitié allait lui permettre d'intégrer les subtilités techniques. Mais surtout, dans son cœur et dans sa tête, une révolution naissait. Une possibilité de prendre de la distance. Par rapport aux déviances déplaisantes. Par rapport à un éréthisme qui la détruisait.

Pekka pénétrait lentement dans la vivacité d'un univers turbulent. Il dansait avec force et talent. Fou. Crédule. Une maladie auto-immune qu'il cachait soigneusement le foudroyait régulièrement. Il arrivait qu'il appelle sa nouvelle amie au secours. Elle se précipitait alors vers le studio de Six-fours. Elle téléphonait au médecin. Elle apportait de quoi se nourrir. Il était vite sur pieds. Et bien sûr, les gens disaient. Qu'il ne faisait rien. Qu'il ne travaillait pas. Tessa savait qu'il avait trop souffert dans le milieu du show-biz. Il avait gagné beaucoup d'argent et finalement s'était retrouvé dans la rue, sur un banc. Sa concubine l'avait jeté. C'était un artiste. Il peignait. Il peaufinait une bande dessinée.

Il plaisait. Les cavalières le cueillaient. Plusieurs fois Aline la musicienne vint lui parler après le cours. Elle le réchauffa de son amour pendant des mois. Il crut retrouver la paix dans un logis bourgeois confortable à Toulon. Au "Barathym", le dimanche soir, Tessa retrouvait le couple. Elle dansait moins. Elle l'admettait. Le jeune homme s'occupait de sa copine. Les deux femmes se parlaient peu. Aline gardait ses distances. Tessa et Pekka se disaient tout. Tessa apprit qu'Aline supportait mal leur coalition. "C'est trop fusionnel", disait-elle à son ami. Les ondes émises par les téléphones portables dérangeaient la pianiste. Il devenait difficile de communiquer avec Pekka. Tessa avait espéré qu'il trouvât un équilibre sentimental. La jalousie d'Aline était insupportable à son compagnon. Il n'admettait pas qu'on salisse la récente et seule amitié qui lui était sacrée. Les amants se quittèrent.

Les deux copains refirent des kilomètres pour assouvir leur passion commune. Toulon, Cassis, Marseille. Leur compérage était riche, fait de dons réciproques.

Il y eut d'autres concubines. Tessa savait. Elle s'écartait quand une jeunesse prenait possession du séducteur pendant quelques temps. Mais elle avait toujours sa part qu'elle estimait solide… Et puis viendrait Loïca…

Il avait téléphoné : je veux te parler.
Il s'était assis comme à l'accoutumée, près d'elle sur le divan. Il avait l'air embarrassé. Je vais te dire quelque chose qui ne va pas te faire plaisir…
Elle le regardait avec inquiétude. Allait-il une fois de plus la quitter ? C'est avec soulagement qu'elle accueillit :
-Je vais donner une initiation toute la soirée. Ce n'est pas la première fois. Tu te souviens ? J'avais ainsi aidé une collègue il y a deux ans.
- Et qui cette fois ?
- Olena. Je ne danserai qu'avec elle. Je lui avais promis. Et les vacances approchent….
- Oui, c'est le dernier jeudi. Et tu me le gâches !
- Tu ne vas pas faire la gueule ?
- C'est dur ! Notre soirée ! Il y a quelque chose avec cette femme ?
- Mais non. Elle veut seulement apprendre le tango.
Olena était une Roumaine. Depuis quelques mois, elle apparaissait dans les milongas. Elle observait les pas. Elle refusait les invitations. Tessa avait remarqué ses regards vers Pablo. Il avait eu des conversations avec elle.
- Elle te plaît ? S'enquit-elle tristement.
- Mais non, je veux l'aider. Sa vie n'est pas facile, émigrée récemment !
Tessa ne voulut pas créer un conflit. Elle attira son amant. Ils furent heureux. Il lui appartenait. Naïveté peut-être ? De penser que le souvenir de leurs ébats récents mettrait une barrière à un éventuel désir ? Elle marquait son territoire. Redoutant moins cette incursion, une quadragénaire qui bientôt se tiendrait contre lui pendant des heures…. Et puis non, il n'était pas comme certains ! A chercher des conquêtes au tango !
Elle prit la route de Sanary, la gorge un peu serrée.
Elle multipliait les partenaires. Où était-il ? Dans une salle à côté. C'est là que s'exilaient les couples qui voulaient

"travailler" en toute tranquillité. Il avait son visage fermé habituel. Olena se collait contre lui. Était-ce bien utile quand on débutait ? Ils étaient proches. La jeune femme avait un sourire satisfait. Il expliquait. Tessa avait mal, il ne se rendait même pas compte de sa présence à elle. Olena avait une robe rouge très stricte. Des bras et des doigts extrêmement fins. Elle avait un grand nez de fille de l'est. Cela fit plaisir à Tessa de remarquer un défaut… Qu'est-ce qu'elle est belle, la Roumaine, dit un copain à côté d'elle. Devait-elle se méfier ? Elle se battait. Contre ses mauvaises idées. Contre une jalousie cuisante. Allait-elle se noyer ? Elle espérait encore se tromper. Elle alla vers le couple. Fut aimable avec Olena. Parla technique. Elle proposa une démonstration. Pablo ne put refuser. Ils exécutèrent une danse devant Olena très attentive.

Jamais elle n'avait dansé aussi furieusement. Orgueilleusement. Le rythme accompagnait sa colère et sa peur. Il était à elle. Il ne pouvait pas la laisser. Il ne pouvait pas l'humilier. Gare s'il la décevait. Ses seins frôlaient son buste. Ses mains l'accrochaient sans arrêt. Elle ne le regardait pas. Mais ne sentait-il pas toute l'énergie de leur amour ? Pouvait-il oublier leur fusion ? Elle aurait bien chanté :

"Je veux juste une dernière danse
Avant l'ombre et l'indifférence
Un vertige puis le silence
La flèche a traversé ma peau
Je veux juste une dernière danse."§§§§§§

Il avait dit : je termine avec Olena. Mais oui, bien sûr. Elle était rentrée chez elle. Solitaire.

Tu ne peux rien contre une petite jeune, lui dit Pekka. Non, elle ne pouvait rien ….

---

§§§§§§ (Kyo)

Elle n'avait plus de nouvelles de Pablo. Au bout de deux jours, elle demanda à le voir. Il n'avait pas le temps. Elle insista.
Que se passait-il ? Il avoua avoir eu une émotion dans les bras d'Olena. Elle aussi avait ressenti quelque chose. Tous deux se l'étaient dit le lendemain.
Le cœur de Tessa se brisait. Un linceul le recouvrait. Elle avait donc perçu le roulement de tambour ce soir-là. Elle avait perdu. Une autre s'imposait. Et même ces deux-là se parlaient et s'avouaient leurs sentiments. Fallait-il se soumettre ? Abandonner tout de suite ? Sans se battre ? Y avait-il une possibilité de méprise ? Elle voulait comprendre. On faisait l'amour avec son amante, et deux heures après, on était sensible à une reproduction ?
Il fallait préciser. Elle s'était levée. Il était resté assis, prostré.
Alors, il ne l'aimait plus ?
Ça s'était délité....
Ah ! Délité ? On lui jetait à présent un participe passé. Un mot bizarre. Qui congédiait le délit dans une prison. Qui étouffait l'amour.
Mais il n'y aurait rien avec Olena, précisait Pablo.
Pourquoi ajouter cela ? Pour qu'elle ait moins mal ? Pour la conserver cependant ?
Elle se décomposait et ne voulait pas se donner en spectacle.
-Va-t'en, dit-elle, la tête vide.
Il partit lentement. On aurait dit à contre-cœur. Elle ne le regardait plus. Elle claqua la porte derrière lui. Avec violence. Comme pour le chasser. Pour ne jamais le revoir.
Plus rien n'existait. Elle prit son téléphone, appela Pekka :
-Il ne m'aime plus, cria-t-elle.
Et elle éclata en sanglots.

L'été arrivait, et avec lui la possibilité de s'évader. Un stage dans une petite île espagnole pourrait-il sauver d'une passion dévastatrice ? Tessa s'inscrivit. Il fallait oublier. Elle avait remarqué la dernière coqueluche des milongas. Une petite brune, très mince, aux longs cheveux. Chloé avait un joli visage, elle était agréable. Sa progression était rapide. Elle avait fait de la danse classique. Tessa apprit qu'elle serait de l'épisode estival. Avec son copain du moment, Denis, un de leurs professeurs.
Elles se virent. Firent route ensemble vers les bals. Chloé appréciait la sensibilité de Pekka. Mais elle le dédaignait. Considérant son niveau un peu insuffisant pour l'instant. Sans se l'avouer, Pekka était attiré par cette beauté fragile. Chloé paraissait humaine. Se référant souvent à des phrases parachutes du spiritualisme. Il fallait s'aimer soi pour aimer autrui. Il fallait écouter son corps. Il fallait… On avait l'impression de communiquer avec quelqu'un de généreux, recherchant la beauté intérieure. Elle était là pour vous aider de sa clairvoyance. Mais une blessure semblait l'avoir mutilée, vieillie prématurément.
Ils partirent à Hyères. Chloé conduisait sa voiture décapotable. Elle avait mis son manteau brodé. Elle affirmait occuper un emploi lucratif dans l'immobilier. Mais reconnaissait que son travail ne la passionnait pas. Pekka était sur le siège arrière et ne soufflait mot.
"Chez Madame Berthe" était un lieu très convivial. Des tables rondes tout autour de la salle. Un DJ classique décidait de musiques anciennes. Di Sarli, Pugliese étaient à l'honneur. Pekka prenait peu d'initiatives, encore débutant. Le regard de Tessa naviguait. Certains passaient là une soirée de couple. C'était le cas de personnes plus âgées pour qui le tango était un plaisir à deux. Et Tessa aurait sûrement aimé avoir ce compagnon fidèle. Qui très rarement aurait pris sa liberté pour évoluer avec une autre. Las ! Elle était tombée amoureuse d'un homme marié. Et ses débuts au

tango avaient été particuliers. Entre les miradas sans réponse et les demandes directes froidement refusées, il y avait tout simplement la possibilité d'apprécier la musique. Parfois on désespérait longtemps avant d'intéresser un tanguero. Cependant Tessa était détendue. Elle pensait avec philosophie. Oui, il viendrait bien ce temps où elle devrait s'offrir un taxi danseur ![*******] Sa récente amie l'étonnait. Une file de prétendants s'était pratiquement constituée près de la table. Ils attendaient leur tour. La plupart avaient entre vingt et trente ans de plus que Chloé. La belle avait un énorme succès. Elle exultait. Se permettait de leur dire non. Ou de choisir quand ils arrivaient ensemble. Pekka semblait anéanti. Il vidait doucement son verre de coca. Lors d'un intermède il avait tenté un geste vers Chloé. Tout à l'heure ! Lui avait-elle signifié. Sur la route du retour, il ferait remarquer qu'il n'avait pas eu l'honneur de la guider. Elle ne se souvenait pas. Ce serait pour la prochaine fois ! Avait-elle dit gentiment.

A cette époque de leur connivence, Tessa s'étonnait avec simplicité du succès de son amie. Elle essayait de deviner les fonctionnements. Le commerce entre de très jeunes femmes et des hommes usés soulevait des questions.

Bien sûr on entendrait que le but était l'art et le plaisir de danser.

Franc cet attendrissant vieillard à qui l'on avait dit : "danse avec elle, tu verras". Il racontait son émoi contre elle. Récompense à une péripétie. Qu'on pouvait taxer de banale et peu profonde. Loin d'une quelconque vulgarité ou perversité. Dans un accord réciproque.

Pekka expliqua un jour à Tessa que Chloé se coinçait contre son partenaire. Elle avait un tel abrazo en demande lascive que le mâle se trouvait transporté. Il lui fallait ensuite des semaines pour comprendre qu'il n'obtiendrait rien de la

[*******] Danseur dont le travail consiste à occuper les femmes seules.

féline. Et pendant ce temps la petite avait les cavaliers chevronnés qui la faisaient progresser à grands pas.

Ils avaient atterri dans un paradis espagnol, l'île aux vents. Tessa espérait cela. Qu'un ouragan balayât ses rancœurs. Qu'un air vif lui redonnât goût à l'existence. A Roissy elle avait suivi bêtement le couple d'amoureux. Un peu lasse de ces chuchotements qu'elle n'écoutait pas. De ces lèchements de lèvres répétés. Vingt années devaient séparer les deux amants, Denis et Chloé. Comment son amie pouvait-elle supporter les fadaises d'un homme défraîchi. Denis était notoirement connu pour sa perversité narcissique. Chloé le savait-elle ? Et s'il y avait de l'amour entre eux ? Tessa ne désirait pas s'en mêler…

Après le trajet en bus, la résidence fut en vue dans le milieu de la nuit. Un texto étonnant s'afficha sur le portable de Tessa : "pardonne-moi pour le mal que je t'ai fait. Bonnes vacances."

Elle ne dormit pas. Les mots de Pablo l'engloutissaient. Ils l'abrutissaient. Sonnaient comme un glas. Le pardon était le point final à leur histoire. Elle aurait beau crier : tanguero, parle-moi ! Le tanguero s'était tu. Il venait de conclure. Pourquoi tant de souffrance ? Une telle dureté ? Que signifiait-elle ? Sinon qu'il n'aimait plus. Puisque capable de cruauté sans sourciller. Il fallait oublier ce monstre. Elle s'était trompée. Elle le maudissait. Cependant des milliers de kilomètres les séparaient maintenant. Et elle avait encore la folle envie d'être dans ses bras. Elle voyait distinctement sa jolie écriture. La traduction qu'il avait laissée dans la boîte aux lettres. Les mots qui n'en finiraient pas de la persécuter :

"Comme les semaines sont longues
Quand tu n'es pas près de moi
Je ne sais quelles forces surhumaines
Me donnent du courage loin de toi
La lumière de mon espoir est morte."[†††††††]

[†††††††] Souvenirs.

Elle laissa l'hôtel endormi. Le soleil se levait sur une plage déserte. Des barques échouées ça et là. Des poissons qui séchaient. Des cordes enroulées. Des bidons abandonnés. Un aspect de naufrage et de désolation lui rappela son propre tourment. La pauvreté brute du paysage fut un pansement pour sa blessure à vif. La porte de la seule boutique s'ouvrit. Elle prit plaisir à détailler les coquillages gris. Les éventails colorés. Les paréos chamarrés. Et tout à coup elle aperçut cette robe. Des fleurs fines et gracieuses sur un textile léger. Des volants en bas. En haut sur le décolleté. Tant de grâce dans un vêtement frivole. Mais aussi tant de féminité dessinée en pastels rose, jaune et bleu. Elle retrouvait le regard de Pablo. Son admiration. Elle te va bien, ta robe… Il ne le dirait plus. Songer qu'il le dirait à une autre était un coup de poignard. Elle trouvait ses mots parfois trop communs. Et à présent qu'elle les avait égarés, ils devenaient des bijoux précieux. Aurait-elle la sagesse de conserver en elle ce qui avait été beau ? Car massacrer, c'était vouloir calmer son orgueil. Il avait dit un jour : les belles histoires se terminent toujours tristement. Il était capable, lui, d'accepter la fin. Elle ne l'admettait pas. Sa vie était vaine désormais. Courageusement elle la remplissait d'actes sans intérêt, d'idées sans éclat.

Elle sortit du magasin avec son paquet sous le bras. Qui allait-elle séduire avec cette parure inédite ? Pablo n'était-il pas là derrière elle à la regarder marcher ? Le vent léger faisait vaciller le tanguero. Le soleil déjà brûlant s'emparait de sa silhouette et la desséchait. Les vagues apportaient leur écume mourante comme un dernier cadeau tremblant.

Les sables étaient foncés, gris, blancs, parfois dorés. Les plages étaient ridées de dunes ou étendues comme un tapis. La rencontre avec ce "puerto" fut un ravissement. Simplicité des maisons blanches. Fraîcheur attendrissante des habitants. Tessa surgissait là avec un couple de maestros gracieux et chaleureux. Les danseurs venus de tous les coins de France étaient en attente. De rythme enjoué et d'humble gaieté.
Les sombres pensées devaient s'estomper. Il arrivait bien sûr que des phrases horribles accaparent Tessa : Ah ! Tango malheur ! Tango sinistre ! Qu'as-tu fait de moi ? Je t'ai aimé et tu m'as humiliée ! Je t'ai suivi et tu m'as bafouée ! Je t'ai écouté et tu as fait de moi une esclave. Je venais à la recherche de la beauté, de la candeur et j'ai rencontré déviance et perversité ! Je voulais sentir la chaleur de l'être et j'ai côtoyé sa froideur et son égocentrisme !
Loin de Tessa ces aigles noirs ! Allait-elle retrouver la paix dans cette île de pêcheurs ? Le monde du tango lui dévoilerait-il enfin cette facette altruiste qu'elle soupçonnait?

Les chambres de Tessa et Chloé étaient voisines. Le matin Tessa tapait légèrement à la porte des amoureux : c'est l'heure ! On papotait gaiement à table, avant la chaleur de la journée. Tessa partageait son logis avec une anglaise de son âge. Jane, d'emblée, l'avait attirée. Vive. Douée pour les langues. Elle en connaissait cinq ! Chloé s'asseyait facilement sur les genoux de Denis qui était très fier de sa conquête. Elle minaudait. Une petite fille trop admirée. Une enfant de quarante ans. Qui pouvait avoir de l'empathie et des propos très matures.

Tessa n'avait rien dit de sa récente déception. Elle avait en elle une morosité inhabituelle, invisible pour ses nouveaux compagnons. Pablo avait dit : la page est tournée. Tant de froideur soudaine était incompréhensible. L'amant coupable avait-il trouvé cette solution pour s'écarter d'elle : le béguin pour une jeunette ? Très abruptement, n'avait-il plus d'amour pour elle ? Dans ses promenades solitaires, Tessa rabâchait. Elle revenait toujours aux mêmes questions, incapable de renoncer. A bout de forces parfois, elle avait des accès de colère. Haïssant le traître. Essayant de le salir. Puis elle décidait de ne plus penser.

Heureusement le programme concocté par les maestros était varié. Des restaurants bord de mer à midi avec dégustations de poissons fraîchement pêchés. Tango après le café. Dans l'après-midi des cours. Et la milonga[xx] en soirée. Il fallait passer d'une tenue décontractée le matin, à un maillot de bain, prestement couvert d'un paréo pour chalouper dans les bars. Enfin quelques heures étaient nécessaires pour se déguiser en tanguera. Dans l'espoir d'appâter le tanguero de la nuit. Des groupes se formèrent. En fonction de l'âge. Mais aussi des rencontres au cours. Ou de la proximité des chambres. Il y eut très vite des apéros chez "les hommes du dessous". Gaëtan était un célibataire de trente ans, crâne rasé. Un peu énigmatique. Jouant avec son corps de façon impudique. Il avait apporté les amuse-gueules d'un pas rapide. Un torchon négligemment posé sur l'avant-bras. Il était dans le plus simple appareil. Sur un plateau, il présentait des tortillas gondolées. Et juste en dessous, un membre bien droit. La scène était inattendue. Chloé avait choisi de plaisanter. Tessa la myope avait déplacé la bouteille de bière qui lui bouchait la vue ! On avait ri comme des gamins. N'était-ce pas pour Gaëtan une manière allégorique de rappeler, pas de sexe au tango, mais je suis malgré tout un mâle ? Ses colocataires, Allan et Georges approchaient la soixantaine et jonglaient davantage avec les mots. Allan était soigné et agréable. Il avait laissé sa copine à Paris. Georges était poète. Une guitare de Brassens ressuscitée. Une crinière longue et frisée. Une sensibilité exacerbée. Il lançait de temps en temps un couplet. Sa voix était troublante. Son parcours n'avait pas été primaire.

Allan se mit à danser souvent avec Tessa. Ils avaient la connexion. Leur abrazo était fermé. Ils parlaient peu. Tessa avait néanmoins fait allusion à son amour détruit.

Le troisième jour, Chloé n'apparut pas. Son compagnon non plus. Tessa promena son inquiétude. Personne ne les avait aperçus.

Tessa chercha Maria, leur maestro. Denis avait eu un problème de santé dans la nuit. Le couple avait été dirigé sur un hôpital, à l'extrémité de l'île.

Le lendemain, Tessa retrouva sa nouvelle amie à la table du petit déjeuner. Quelle ne fut sa surprise : la belle était en pleurs. Méconnaissable, mal coiffée. Une épave humaine extirpait du fond de son être tous les griefs amassés. Tessa ne cachait pas son étonnement :

-Mais, tu n'étais pas amoureuse ?

-Non. Moi ces vieux ne me plaisent que par leur méthode. Je veux devenir une grande danseuse. Denis est prof. Il doit m'apporter beaucoup au niveau du tango.

-Tu pars en vacances avec lui et tu dors dans son lit !

-Il le sait, je ne veux pas coucher avec lui !

-Enfin ! Il te prend dans ses bras sans arrêt ! Tu ne vas pas me dire que vous êtes copains !
Chloé se lamentait. Oui, il pouvait bien la caresser. Mais c'était un malade. Un impuissant qui la critiquait sans arrêt. La rabaissait. La détruisait. Elle se sentait hideuse. Vide.
Tessa la ramena à sa chambre. Chloé ne tenait pas debout. Elle semblait anéantie. Au bord du gouffre. Elle demandait qu'on la laissât seule. Qu'on la laissât dormir.
Denis devait rentrer de l'hôpital prochainement. Qui était-il? Tessa se rappelait la réputation qu'il avait. Avait-elle le droit d'en parler à Chloé ? Des deux amants, quel était le névrosé? Elle avertit Jane, une nature instinctive qui aussitôt prit le parti de leur amie. Toutes deux insistèrent pour que Chloé s'habille. Qu'elle vienne dîner. Elle ne mangeait plus. Non maquillée, elle faisait pitié. Elle avait les yeux d'une détraquée. Tessa demanda à Maria de la déplacer dans un hôtel du village. Elle ne pouvait pas se retrouver en face de Denis actuellement.
-Et si elle se flingue ? Disait Tessa à Jane.
Et chaque matin elle allait réveiller Chloé dans sa petite auberge, la peur au ventre. Ouf ! Quand elle apparaissait.
Au fil des discussions, Tessa apprit que Chloé avait eu un basculement quelques années auparavant. Lequel ? C'était très vague. Mais la vie s'était brisée.
Aider Chloé occupait Tessa et lui faisait oublier sa propre peine. Denis était rentré en France. Tous divertissaient Chloé qui retrouvait le goût de s'embellir et de plaire. La coquette était gâtée. Les hommes la faisaient tournoyer. Exigeante, elle quittait facilement une milonga si elle estimait s'ennuyer. Par contre, courageusement, à chaque tanda, Tessa la femme mûre attendait une attention quelconque lui permettant de progresser ! Comment peux-tu avoir autant de patience ! S'exclamait Chloé. Ah ! Chance et légèreté des jouvencelles ! Songeait Tessa.

Allan dansait beaucoup avec Tessa. Dans les restaurants à l'heure de la sieste. Ou dans les bals du soir. Tessa se sentait bien contre lui. Et puis un jour il prit de la distance. Il ne l'invita plus. Il sembla la fuir… Duperie de la tentation. Complexité des caractères. Besoin de tendre connexion. Enfin crainte d'aller trop loin dans le sensuel… Le tango était un rapprochement complexe qui pouvait conduire chacun à un ensemble de libertés et de frustrations. Jane vivait aussi ces difficultés. Grande et mince. D'un caractère franc et direct. Elle bougeait peu. Elle n'était pas suffisamment dans la séduction pour attirer.
Était-ce le succès dont elle se défendait qui conduisait Chloé à une délicatesse à peine forcée ?
-Les hommes ne viennent pas vous chercher. Vous leurs faites peur. Vous êtes trop belles !
Mon dieu ! Ces mêmes hommes n'étaient donc pas terrifiés par la beauté de Chloé ?
Jane et Tessa, dans leur solide expérience de la vie, n'en voulaient pas à Chloé de ses adorables enfantillages. Il est sûr qu'elles avaient démarré trop tard leur apprentissage. Leur but n'était pas de devenir des étoiles.

A Pejera, on visita l'église. Dans le bois du portail, étaient gravés des pumas, des soleils, des serpents, des têtes couronnées de plumes. Passage des aztèques ?
Tessa soutenait Chloé qui défaillait. L'autobus sinuait au milieu des volcans éteints. Un sanctuaire surgit. Puis la route reprenait vers l'ancienne capitale nichée dans la montagne. Chloé dormait. Une marche était prévue. On laissa la princesse, le chauffeur s'occuperait d'elle. On la retrouverait au bout du chemin, au restaurant de la plage.
Après quelques heures de sentier, la troupe fut heureuse de s'asseoir devant les vagues. Le sable était désert, immaculé. Chloé plongeait dans l'eau. Sa grâce attirait le regard. Elle avait un corps parfait, pensait Tessa. Mais Georges se demandait si elle n'était pas anorexique. Il préférait les naïades moins sèches.
Pendant le repas, Chloé faisait face à Allan. Tessa fut étonnée par son dynamisme. La discussion allait bon train. La musique était forte. Tessa n'entendait pas les propos. Mais Allan avait un visage paisible et heureux qu'elle lui avait rarement vu.
Le soir, Tessa ne put cacher sa curiosité :
-Dis, il en avait des choses à te dire, Allan.
-Oui, je pense qu'il réclamait une écoute.
Elle avait bien un pouvoir, cette fille. Elle séduisait habilement les deux sexes, avec une réelle ingénuité. On ne pouvait lui en vouloir. Elle se rengorgeait comme une gagneuse de loterie. Ce n'était pas sa faute si elle avait du charme.
Allan plaisait à Tessa. Egoïstement, elle aurait bien passé un moment avec lui. Juste pour adoucir sa peine. Le tanguero avait-il senti le danger ? Par contre avait-il trouvé en Chloé une oreille compatissante ? Tessa sut par son amie qu'Allan avait surpris sa copine dans des bras étrangers, à Paris… Cependant, il luttait, lui, pour ne pas être infidèle ! Des hommes tenaient follement, semblait-il, à des femmes qui

leur faisaient mal ? Oui. Et pourquoi Tessa avait-elle tant attendu? Tant aimé ? Elle avait trop donné et cela l'avait perdue !

"Mi vida entera te la di
Y este cariño mio…
Pichón herido que buscó nido
y calor junto a tu corazón."‡‡‡‡‡‡‡

---

‡‡‡‡‡‡‡ "Je t'ai donné toute ma vie
Et cette affection qui était mienne…
Pigeon blessé qui a cherché nid
Et chaleur près de ton cœur." (Hoy como ayer)

Chloé sursautait à la lecture des textos. C'était Denis qui achevait sa campagne de destruction. L'expression apeurée de son amie faisait fondre Tessa. Elle insistait : que dit-il ? N'écoute plus ses divagations ! Peu à peu elle s'installait sur le champ de bataille du couple. Elle n'avait jamais approché de pervers narcissique. Le peu qu'elle en savait ne lui permettait pas d'affirmer. Elle parla quand même à Chloé de ses doutes. Il semblait bien que ce vieux prof eût trouvé une proie fragile. D'une part, admiratif de la grâce et de la sensibilité de la jeune femme. Mais aussi, capable de la déstabiliser pour l'amener à ses pieds. Et finalement la diminuer. Sans jamais, lui, se sentir coupable de quoi que ce soit. Il la noircissait à plaisir. Trouvait qu'elle avait peu de cheveux. Qu'elle était méchante ! Elle était devenue sa proie. Il la domptait.

Tessa était spectatrice de cette incroyable réalité : une demoiselle belle et intelligente pouvait se juger laide et bête. Simplement parce qu'elle avait la faiblesse d'écouter un être solide, content de lui. Il était évident que le milieu du tango avait en son sein bon nombre de personnages à l'ego surdimensionné. Qui vous mystifiaient à l'ombre de leurs talents. Il fallait des années pour acquérir des positions. Des gestes qui vous conduisaient au nirvana. Le bon cavalier avait une auréole. Et tout loisir de profiter de son habileté pour obtenir autre chose ! Dans certaines conditions le savoir se monnayait ! N'était-ce pas l'image d'une loi générale ? Dans une société de consommation avide et compétitive ? L'homme et la femme s'étaient transformés au fil des siècles. On avait cru à l'égalité. Et tout à coup, loin des rues de Buenos Aires, on faisait renaître une activité. Dans nos cités d'Europe évoluées, un loisir avec des codes primaires… On disait que c'était un jeu. Avec un macho fidèle au cabeceo. Avec une séductrice triomphante, hypocrite esclave de la mirada.

Dans ses moments de désespoir, Chloé disait : le tango est une tromperie, je veux arrêter.
Tu sais, répondait Tessa, notre problème est de venir au tango dans un moment de solitude. La tendresse de l'abrazo est superficielle. Une sorte d'abandon. Qui ne dure pas. Qui ne peut réparer nos blessures. Pour avancer rapidement, il faudrait être fort au départ !
Il fallait garder son axe, c'est-à-dire se tenir bien droit. Difficile quand la vie vous faisait plier !
Il fallait s'ancrer dans le sol, le fouler du pied. Avoir confiance en soi !
Les deux amies profitaient du paradis offert : déserts ondulant au vent, légèreté des relations. Elles s'épaulaient dans leur malheur. J'ai des regrets qui me donnent envie de vomir, affirmait Chloé. Tessa acceptait ces phrases sans suite qu'il était difficile d'approfondir. Elle devait admettre et ne pas questionner. La coquine évitait de conclure, voulant peut-être protéger son mystère. C'était ainsi qu'on chatouillait la curiosité, la laissant sur le côté. Une manière de soumettre. Et Tessa n'avait plus l'âge de s'imposer ou s'affirmer. Elle avait à présent tendance à plaisanter, à se contenter avec humour de ce qu'on lui jetait…
Elles avaient une idée en commun. Un vœu secret. Un espoir identique : dès que j'ai un amoureux, je quitte le tango …
Car c'était bien le dilemme : pouvait-on se coller contre quelqu'un sans ambiguïté. Rechercher un contact. Lorsqu' on aimait par ailleurs. Question que Tessa avait tant de fois posée à Pablo. Elle débutait, elle essayait de discerner. Il répondait : je ne pense qu'à la danse. Mais Olena avait surgi… Quelle serait sa réponse maintenant ?

Ils étaient partis tôt le matin pour le nord de l'île. A la découverte d'espaces désertiques. L'autobus traversait des champs d'agaves gigantesques. Au milieu des chants et des rires. Les maestros expliquaient. Revenant sur l'histoire de ces contrées espagnoles. Indiquant la présence impassible des chameaux. Qui tournaient la noria. Ou malaxaient les raquettes de figuier de Barbarie. Ils avaient pique-niqué sur la place du village. En face de l'abbaye sévère, surmontée d'une tour noire semblable aux robes des paysannes. Ils avaient étonné les villageois. Ils s'étaient d'abord appliqués dans un boléro du pays. Imitant la courte démonstration de Maria et Claudio. Ceux-ci parlèrent de leurs racines : des ancêtres avaient vécu là, dans la montagne proche. Et c'était justement "la fête de la bonne aventure". Et puis ils n'y tinrent plus. Georges avait sorti un air de tango sur sa guitare. Peu à peu les couples se formèrent, multipliant les ochos , les barridas et pasadas.
Il était là l'écueil du tango, on ne pouvait s'en passer ! Aucune danse n'avait grâce à ses côtés. Il devenait rapidement passion. Était-ce le rythme mélancolique ? Étaient-ce les sons tristes et sensuels, à l'image de la vie ? Il devenait l'accompagnateur fantasque et changeant. L'effort et le plaisir. A vous de partager dans le calme ou la vivacité. Dans la froideur ou la chaleur. Dans l'amour ou l'amitié. Et le bandonéon de s'immiscer dans votre parcours. De se gonfler, s'étirant avec bonheur comme un chat. De se tordre, resserrant les plis de sa peau.
Tessa était un peu à l'écart de l'effervescence générale. Elle devait se forcer pour être gaie. Elle essayait d'oublier. Mais le passé récent était vivant. Allan se reposait à côté d'elle d'une tanda avec Christina, la frêle et belle polonaise. Elle tenta de retrouver le contact. Il semblait que toute conversation menait Allan dans un agacement immédiat vis-à-vis d'elle. Admiratif de toutes les qualités de Christina, il

réagit sèchement à l'explication flegmatique de Tessa. Oui, elle gardait de la distance, malgré la gentillesse incontestable de cette sirène. Les filles de l'est la faisaient fuir. Lui rappelant Olena. Celle qui lui avait ravi son amant. Tu ne vas pas te mettre à détester toutes les femmes à cause de cette histoire, avait-il grommelé. Elle s'était éloignée. L'incompréhension était devenue totale. Il préférait ne pas méditer. La souffrance de Tessa le ramenait-elle à la sienne? Certes, tant qu'on n'avait pas fermé la porte d'un amour on pouvait encore espérer. Regardant par la fenêtre les débris. Refusant la réalité :

"Ventanita florida
De mi vieja tapera
En tu reja prendida está
Mi timida ilusión.
Al abrirte contemplo
Un jardin de esperanza." *

*"Petite fenêtre fleurie
De ma vieille demeure
Sur ta grille accrochée perdure
Ma timide illusion.
En t'ouvrant je regarde
Un jardin d'espérance." (Ventanita florida)

Le vent soulevait les sables et caressait les vallons. On aurait dit qu'un air délicat rabotait la tristesse. Emmenant bien loin les résidus de détresse. Il faudrait du temps pour retrouver la sérénité, prélude du bonheur. Le tango avait détruit Tessa. Elle était allée trop loin dans la passion. L'amour qu'elle avait connu était tellement fort. Tellement beau. Qu'il en était surnaturel. Les deux amants avaient cru prendre leur danse pour alliée. Ils avaient joué dans l'univers du tango. Parlant de lui. Fusionnant avec lui. Tessa se rappelait un abrazo magnifique, une tanda torride. Cette fois où son Pablo avait poussé l'exaltation jusqu'au désir sensuel et primaire. Sa main était descendue et avait frôlé la fine lingerie qu'elle portait. Il la voulait nue au milieu des danseurs. Pendant la cortina[xxi], elle avait rapidement quitté l'intruse dans l'obscurité de l'arrière-salle. Pablo l'avait serrée ensuite davantage. Leur étreinte avait été un plaisir subtil et total.

Mais non, on n'utilisait pas le tango. On l'idolâtrait ! Puis il vous dirigeait. Très vite les conflits étaient devenus pesants. Les séductrices, telles des oiseaux rapaces, avaient joué avec le narcissisme de Pablo. Était-il un homme parce que les femmes le regardaient ? Où était la sagesse ? Celle qui chuchotait : j'aime les yeux de Tessa et ils me suffisent !

De son côté Tessa avait oublié de séduire. Devenant trop dépendante. Piétinant au fil des ans son pouvoir. Celui que toute maîtresse conserve en disposant librement mais fermement de son mâle. Il fallait accepter :

"Hasta siempre, amor,
Te veré de otro brazo
Y soló asi comprenderás
Que por quererte te perdi !"[§§§§§§§]

[§§§§§§§] Adieu mon amour,
Je vais te voir dans d'autres bras
Et alors seulement tu comprendras
Que c'est par amour que je t'ai perdu !"
Tango de 1953. Paroles de Federico Silva. (partition piano)

Le séjour dans l'île espagnole prenait fin. Une ultime soirée réunit les vacanciers au son des bandonéons. C'était cela aussi, l'évasion du tango : la douceur de vivre, la gaieté, la camaraderie. Il fallait savoir choisir ses amis et ses partenaires. Tessa invita Allan qui ne venait plus vers elle. Une dernière fois ? Dit-elle. A la fin des quatre morceaux : on se dit adieu, dit sèchement Allan. Tessa savait désormais que tout tanguero représentait une tranche de destinée fragile. Une histoire secrète. Parfois une intimité qu'il ne fallait pas tenter de violer. Et finalement, cette notion de "trois minutes d'amour" qui la faisait rire autrefois, était peut-être un paravent. Pour éviter les déchirements. Il s'agissait de savoir quel genre de lien on cherchait.

Rentrées en France, Tessa et Chloé poursuivirent une fréquentation amicale. Le séjour dans l'île aux vents leur avait permis de se découvrir. Elles se voyaient peu. Parfois dans les milongas. Mais elles étaient alors occupées à tournoyer. Chloé envoyait beaucoup de textos. Le sujet était leurs émotions de tanguera, leur progression. Chloé était exigeante et donnait même des conseils à Tessa : attention à ta jambe arrière ! Tu dois la tendre davantage !
Tessa avait du mal à saisir le comportement de son amie. On ne parlait plus de Denis. Chloé se déchirait de nouveau, sous la coupe d'un professeur : Jacques. Petit, gros, il avait fait de Chloé son égérie. Elle était sa partenaire dans les cours. Il était amoureux. Il ne supportait pas qu'elle évolue avec un autre.
Tessa s'étonnait :
-Que fais-tu avec tous ces vieux ?
-Ils sont impuissants ! Aucun risque ! Mais je souffre de ne pas être aimée par un homme de mon âge qui me soutiendrait…
Tessa était stupéfaite. Une charmante créature, cette Chloé. Toujours poursuivie par des hommes qui la discréditaient dans son physique, dans sa technique. Ils la dépréciaient pour mieux la dominer. Un soir, après une longue discussion téléphonique, la clé du mystère apparut. Dans un accident Chloé avait perdu son grand amour. D'où ses errements et son mal-être. Le deuil d'une communion profonde était interminable. Il semblait que bon nombre de tangueros aspirassent à retrouver un équilibre en dansant. Mais ils chutaient dans un jeu artificiel dévastateur. Tessa souriait en imaginant avec philosophie un exercice de quilles. Des boules maladroites allaient d'une quille à l'autre. Se frottant par-ci par-là, grossières et malhabiles. Les quilles perdaient l'équilibre, instables et fragiles. Certaines demeuraient droites, plus solides. Elles faisaient mal au cœur quand elles se retrouvaient vaincues. Se chevauchant. Quelquefois la

tête en bas. Tessa se rappelait aussi une lecture ancienne : "Les belles endormies" [********]. Les tangueras droguées n’en venaient-elles pas à assouvir le désir plus ou moins physique de vieillards déclinants ? Dans le roman de Kawabata, de très jeunes femmes passaient des nuits, allongées nues contre des clients en demande. Les narcotiques leur offraient un sommeil serein. Elles prêtaient leur beauté et leur fraîcheur. En échange, les hommes profitaient du spectacle et de la présence. Ils n'avaient pas droit à l'attouchement ! De même les tangueros ne dépassaient pas certaines limites. Le commerce ne se faisait pas avec l'argent mais avec un autre bagage attirant. Une technique élaborée. Et les tangueras survivaient ainsi dans un art qu'elles voulaient travailler... La fin du roman japonais était cruelle : mort d'une endormie droguée trop fortement... Des milongueras disparaissaient, elles aussi. Sans doute n'avaient-elles pas su mettre de limites raisonnables à l'envahissement masculin. Elles se rendaient compte un jour que désir et séduction n'étaient pas amour. Parfois elles se tournaient vers des activités moins sensuelles.
Chloé allait loin dans son cheminement. Elle se flagellait. Voulait devenir une super danseuse, mais se laissait prendre par les bonnes paroles des séducteurs. Elle aimait bien sûr qu'on l'admire et la complimente. Puis venait le dégoût de toutes ces billevesées qui n'étaient qu'une plaisanterie vulgaire. "Le tango ne me rend pas heureuse" décrétait-elle. Et elle parlait de beauté intérieure, pour se consoler d'attitudes légères qu'elle avait cependant provoquées.

[********] Kawabata. Nobel 1968.

A l'automne les cours avaient repris. Tessa retrouvait la chaude présence de Pekka. La complicité des deux partenaires provoquait la jalousie des milongueras. Comment fait-elle, cette Tessa ? Sous-entendu, moi aussi j'aimerais avoir un jeune et beau cavalier, paie-t-elle pour l'avoir ? Non. Tessa ne payait pas. Elle donnait. Comme elle avait toujours agi. Les sentiments passaient avant tout. Sa relation avec Pekka la menait à faire de la route. Aller le chercher pour le cours, pour les pratiques, les milongas. Il n'était pas suffisamment aisé pour acheter une voiture. Elle l'aidait parfois s'il avait un problème matériel. Et il lui rendait service au jardin. Il tondait la pelouse. Il taillait les haies. Des servitudes harassantes pour la femme seule. Ils parlaient beaucoup. Pablo avait dit : il tient beaucoup de place ce Pekka. Oui une place amicale. Même si les deux amis gardaient, lui sa virilité, elle sa féminité. Ils en riaient avec humour. Au point qu'un jour de restaurant, à la sortie, Tessa s'était moquée de leur attachement. Elle avait osé demander: il t'est arrivé d'avoir envie de moi ? Il avait répliqué : je prends un joker… Elle rencontrait derechef le terrible penchant masculin. Elle en était constamment consciente. Là, elle l'examinait avec froideur. Le côtoyait sans le subir. Elle n'était pas la maîtresse physique. Elle tenait cérébralement les rênes d'un tandem. Dont elle exigeait la clarté.
Oui, l'amitié est à la fois noble et confortable… Pekka reconnaîtrait : heureusement qu'il n'y a rien eu, ce serait fini…
Ils furent donc à l'écoute l'un de l'autre dans les bons et les mauvais moments. Dans un amalgame intense. Au plus profond d'eux-mêmes.[††††††††]

[††††††††] "Et qu'il n'y ait d'autre but à l'amitié
que l'approfondissement de l'être
car l'amour qui recherche autre chose que la
révélation de son mystère n'est pas l'amour."(Khalil Gibran)

Pablo réapparaissait épisodiquement dans les pratiques ou les bals. Souffrance pour Tessa. Son cœur se desséchait quand elle le voyait. Jonglait-il ? Disant qu'il pensait toujours à elle, qu'il aimait toujours la regarder. Il avait voulu cesser une osmose devenue conflictuelle. Il rappelait ce qu'elle avait soupiré en pleine crise : ce serait plus facile si tu disais ne plus m'aimer. Et il admettait. Il avait choisi cette solution pour s'échapper…

Elle reprenait alors espoir. L'attirait chez elle.

Cette après-midi-là, ils s'étaient de nouveau aimés. Oléna était une amie, il ne la serrait pas dans ses bras, chuchota-t-il.

Mais il partit encore une fois comme un voleur, lourd de culpabilité…

Il avoua la semaine suivante que l'odeur de camélia l'avait poursuivi. Que leur étreinte l'avait hanté toute la nuit.

Avec son amour de lui, revenaient les mots désespérés, effilochés :

Lorsque nous étions
Sur un nuage,
Nous nous touchions
Du regard.
Nous nous aimions
A distance.
Maintenant je n'ose plus
T'effleurer.
Tu disparais.
Tu évites ma peau,
Mes yeux.
Tu t'éloignes
Comme un souffle léger.
Le rêve s'évanouit.
Le ciel semble infini.

Pekka emmenait Tessa dans un univers d'artiste. Il avait donné du bonheur en faisant survoler une sphère irréelle.

Ses bandes dessinées à la fois imaginaires et lucides étaient l'aboutissement de sa difficulté à exister.
Il rabrouait Tessa. Tu ne dois plus l'attendre, proférait-il. Elle était mal. Et Pekka tempêtait : il est faible et lâche ! Tessa protestait : non, ne le salis pas ! Je l'aime encore ! Il estimait qu'elle manquait d'amour-propre et de force de caractère. Il la rudoyait : si tu retournes vers lui, ne viens pas te plaindre !
C'était à St Cyr. Un parquet magnifique. Des miroirs immenses. Et aussi le grand escalier du baiser volé… Elle distinguait tout en haut son bonheur, les lèvres tendres et muettes. Un fantôme qui avait entraîné sa chute. Des marches pentues et coupantes. Tout en bas, une déchirure et une douleur amoncelées. La porte enfin gémissait et vous emmenait à l'air libre. Le salut que Tessa atteignait vers minuit. Quand, à bout de forces et de torture, elle s'échappait dans la rue…. Criant en silence, du fond de son âme :
"Déjame, no quiero que me beses !
Por tu culpa estoy viviendo
La tortura de mis penas…
Besos brujos…
Yo no quiero que mi boca maldecida
Traiga más desesperanzas
En mi alma… En mi vida
Besos brujos…
Ah, si pudiera arrancarme
de los labios esta maldición !"‡‡‡‡‡‡‡‡

‡‡‡‡‡‡‡‡ "Laisse-moi, je ne veux pas que tu m'embrasses !
Par ta faute je vis
La torture de mes peines…
Baisers sorciers…
Je ne veux pas que ma bouche maudite
Porte davantage mes désespoirs
Dans mon âme… Dans ma vie
Baisers sorciers…
Ah, si je pouvais m'arracher
des lèvres cette malédiction !"(Besos brujos)

Ce soir-là, ils avaient entraîné Lucile à Cassis. Une belle sicilienne venait de quitter Pekka. Son porte-monnaie plat dissuadait régulièrement. Pekka était statique. Réaction quand des idées noires l'obsédaient. Il acceptait une série avec Tessa qui tentait de le ranimer. Puis il observait ou discutait.

Tessa essayait d'oublier son passé amoureux. Elle n'avait pas vu Pablo depuis des mois. Leur ultime entrevue datait d'une milonga à Marseille. Elle avait eu un coup de fureur. Pablo avait papillonné des heures auprès de jolies espagnoles sans songer à l'inviter. Mais la soirée n'est pas finie, dit-il, alors qu'elle était allée l'agresser… Il se moquait d'elle. Non, cela suffisait ! Cette danse sera la dernière, avait-elle affirmé sèchement dans un enlacement plutôt froid. Ensuite, je ne veux plus te voir, je ne veux plus te parler. Tu n'existes plus ! Constatation réaliste ou dépit ? La colère avait décuplé ses forces…

Lucile écoutait. La musique, oui. Mais aussi l'homme. Qui l'avait invitée. Qui la guidait. Elle était concentrée. Sachant très bien qu'elle n'avait pas « droit de pensée ». Une sortie fugitive vers une idée, elle raterait un pas. Confuse, elle perdrait la connexion…. Elle écarterait le tanguero… Possible qu'il ne revînt jamais vers elle, car elle lui aurait gâché son plaisir. Il aurait pensé qu'" ils " ne se convenaient pas.

De retour sur sa chaise, elle se détendit. Elle sourit à Tessa, qui n'avait pas " fait " la tanda :

-Tu te souviens de nos débuts ?

- Que oui ! Et lorsque je ne bouge pas, dans le rôle " vitrine " trop longtemps, je m'interroge.

- Vitrine ?

- C'est de l'humour. Tu vas trouver que je vais trop loin… Les vitrines dans le port d'Amsterdam ! Ces femmes qui étalent leurs appâts !

- Tu compares les tangueras à des créatures légères ?

- Si le moral est mauvais, oui. Bien sûr on va te demander un peu de superficiel. Je vois déjà les jolies ingénues se trémousser et glousser : mais non, elles ne se vendent pas, et elles dansent sans arrêt ! Leur succès est à la hauteur de leur valeur et de leur feeling. J'aperçois les machos hausser les épaules : voyons, un peu d'humour. Et sachons attirer, chère dame…
- Personne ne reconnaîtra jamais une forme d'hypocrisie pour gagner, pour arriver à ses fins…
- Il doit bien y avoir des gens comme moi, qui se posent la question : pourquoi ? Pourquoi le tango ? Qu'est-ce que je cherche ?
- Tessa, tu n'as pas atteint ton but ?
- Si, j'ai atteint parfois un certain plaisir. Mais, j'ai l'impression d'être continuellement dans l'attente. Attente d'un cavalier, attente d'un progrès. Pas toi ?
- C'est vrai. Comme en amour, non ? Quand on demande plus à l'autre, toujours plus. Et qu'on ne parvient pas vraiment à ce qu'on veut.
- Alors, le tango, c'est ton amant ?
Lucile éclata de rire :
- Et si tous les tangueros étaient des parties d'un amant merveilleux qui se nommerait tango ?
Tessa hocha la tête. Elle savoura une lampée de cidre, se donnant un temps de réflexion :
- Grosse question. Il y a des couples, mariés ou pas, qui ne se quittent pas. Est-ce le but du tango : pas de variété. Travail et diversité dans un duo ?
- Ah oui, je vois des gens fonctionner ainsi. N'y a-t-il pas lassitude au bout d'un moment ?
- ça dépend. Quand on est amoureux, je crois que l'on adore danser ensemble. Mais on sera davantage dans l'abandon. Et je remarque aussi que des couples ont du mal à s'entendre. Peut-être qu'ils se disent des vérités qui ont du mal à passer !

- Oui, on osera moins critiquer un cavalier avec qui on n'a pas d'intimité. Il y a une distance et un respect vite écrasés lorsqu'on est proches !
Aux premières notes de "Poema", Angelo s'était incliné devant Tessa. Elle mit la main sur son épaule. Elle ne pensait plus à rien. Sans un mot, ils s'envolèrent. Attentifs à leur abrazo. A la mélodie et aux paroles :
"Fue un ensueño de dulce amor".[§§§§§§§§]

[§§§§§§§§]"Ce fut une douce fantaisie d'amour". (Interprétation de Canaro)

Les deux amis étaient devenus béquilles cérébrales, se soutenant. Ils décidèrent tristement de prendre un peu de distance avec la pratique de Sanary, berceau de leurs idylles! Et s'ils changeaient de loisir ? Ils suivirent des cours de rock le jeudi soir. Pour Tessa une manière de signifier à Pablo : je disparais, je t'efface… Le côté festif du rock les éloigna de la mélancolie. Les copains trouvaient une ambiance opposée faite de rythme énergique et de rires francs.
Ils tinrent bon plusieurs mois… Mais abandonne-t-on le tango ? Comme un énorme crabe, il desserre difficilement ses pinces. Il reste au fond de soi…
Et voilà que quelques temps après, ils étaient finalement retournés à St Cyr.
Le regard de Tessa avait vacillé. Pablo était là. Son Pablo beau comme un dieu. Trop beau certainement. A la suite d'une tanda, ils s'étaient assis. Et comme un gosse il avait dit : elle est amoureuse de moi. Elle, c'était Olena. Et comme un enfant, il avait dit : tu sais, je l'ai embrassée. Sous-entendu : tu sais, Tessa, toi mon amie, ma complice... Et à haute voix : ah ! ça fait du bien de pouvoir te parler. Et il confessait son petit plaisir, son petit péché avec une autre… Il semblait content de lui.
Elle avait eu mal Tessa. Elle n'avait rien montré.
Il n'était donc plus coupable quand il s'agissait d'Olena ?
Tessa, clouée sur sa chaise, regardait calmement le visage de son ex-amant. Des couteaux lui tailladaient le cœur. Ils avaient dansé en abrazo fermé et elle savait qu'il la désirait encore.
Elle avait sa robe blanche moulante, des dentelles cachaient le décolleté. Il avait une chemise blanc immaculé, col ouvert. La pureté des sentiments pouvait-elle renaître ? Il vit qu'elle était triste. Ne fais pas cette tête, dit-il. Dois-je admettre que ton amour est mort ? Osa-t-elle enfin balbutier. Non, il s'est endormi… Fut la réponse.

Pourrait-elle vivre avec cette idée de sommeil ? Espérant toujours rallumer la flamme, ignorant un certain désir qu'il avait. Désir de plaire à toutes, à une jeune en particulier. Cette nécessité immature de séduire et de se grandir par le regard des autres ? Il l'expliquait par des blessures d'enfance. Mais un tel travers avait bien malmené Tessa. Elle s'était battue des années. Incapable de mettre un terme à une attirance nourrie de frustration et d'attente. Il faudrait bien s'éloigner définitivement. Refuser ces demi-déclarations destinées à la garder tout en la quittant.
Et puis vint Loïca…
Ce petit bout de femme ne saurait jamais à quel point il ferait basculer l'avenir de plusieurs personnes. Oui, Pekka était attablé avec une brunette très mignonne. Elle semblait douce et agréable.
Dans la voiture, Pekka parla de son emballement. Loîca était intelligente, avait un corps superbe, un visage parfait. Bref, il avait un coup de foudre ! Elle débutait. Il l'avait fait beaucoup tourner. Elle était douée. Elle irait loin, disait-il !
A chaque petite amie de Pekka, Tessa prenait un peu de distance. Laissant la dernière conquête sur une route parallèle. Avec son histoire et sa rupture. Quand ils se retrouvaient seuls, les deux amis se confiaient. Leur amitié était un soutien et un puits de vérité.
L'enseignement de Maria et Claudio avait permis une progression qui enchantait Tessa. De plus en plus légère dans les bras d'un tanguero. De plus en plus attachée à son axe. Il arrivait que Pekka la félicite : tu es la reine des ochos! Loïca demanda une démonstration. Elle était très attentive et apprenait vite.
Très rapidement, Tessa sentit que la relation entre les deux amants basculait. Pekka était dans la vie comme dans la danse : halluciné. Il disait qu'il dansait avec son être intime Et que leur entente, à Tessa et lui, était due au même don. Cette aptitude à la passion. Ce désir extraverti de s'envoler

sans convenances. Cet oubli de soi conduisant au rêve. En amour, Pekka réagissait comme Tessa. Il donnait tout. Blessé de ne pas recevoir suffisamment. Il se retrouvait écorché vif, et vide. Tessa sut que Loïca était très froide et réfractaire au plaisir. Sa mère avait été violée. La fille était traumatisée. Conséquence d'un état d'esprit et d'une éducation. On ne peut pas la toucher, disait Pekka, le tactile, le sensible.

Un maestro nommé Hamil commençait à avoir beaucoup de succès dans le milieu. Crâne chauve et sourire simiesque, ce quadragénaire avait vite progressé et atteint un bon niveau. Il venait de créer un cours. Il passait ses soirées dans les associations. Guidant les milongueras. Les orientant ensuite vers son propre enseignement. Pekka s'était fait un ami de ce veuf. A l'affût de progression possible, il entreprit de remplacer les absents au cours du maestro. Il ne payait pas son cours. Mais rendait service à une dame seule. Il discutait avec son nouveau copain, l'admirait pour son style. Attention, lui dit Tessa, Hamil ne s'est pas gêné pour prendre les élèves des autres maestros. Il va se servir de toi.

Dans sa soif d'avancer, Pekka voulait ignorer tout calcul de la part de son ami. Loïca prit également des leçons chez Hamil. Qui l'entraîna dans des duos de guitare. Bizarrement Loïca préféra bientôt passer ses journées dans les exercices de musique que dans les bras de Pekka.

Les cheveux de Pekka avaient poussé. Tu ressembles à un voyou, dit Tessa. Je vais devenir un voyou, répliqua-t-il.

Il en voulait aux femmes. Tout allait mal avec Loïca. La petite perle fragile était forte. Elle savait ce qu'elle voulait. Non, elle ne désirait pas être aimée. Elle espérait devenir une star du tango. Hamil avait bonne manière avec ce genre de demoiselle. Il utilisait son pouvoir de professeur. Il distribuait la technique, la grâce, les finesses. Il était dieu et sorcier. Un prestidigitateur. Un prince charmant qui pouvait transformer l'existence d'une pauvre fille. Lui apporter le succès, la célébrité, le bonheur. Pas l'amour bien sûr. Même si on avait la naïveté pendant un moment de le croire.

Pekka avait eu une soirée problématique avec Loïca. Elle s'était sauvée. Tard dans la nuit, il avait brusquement décidé de la voir. De lui parler. Il avait traversé La Seyne en courant. Avait atteint l'embarcadère de Tamaris. Avait sonné chez Loïca. Elle avait refusé d'ouvrir. Elle l'avait laissé sur le seuil tout froid. A deux heures du matin. Grelottant dans son manteau d'amour. Frissonnant dans sa fièvre haletante. Perdu dans sa passion et sa désespérance. Sa détresse. Au petit matin, il reprit un autobus qui le ramena dans son trou à rats, comme il disait. Son studio, sa sombre cave où la lumière était entrée pendant quelques mois. Le cri des goëlands lui rappela que des vivants existaient. Qui l'exhortaient à se lever. A repartir…

Quand il arriva au Barathym le dimanche suivant, le couple Hamil-Loïca déambulait en "abrazo caliente". Une façon de se tenir très chaudement et tendrement enlacés. Hamil aperçut Pekka. Il lui fit un large sourire de mâle vainqueur. Pekka fit demi-tour furieusement.

De nouveau, les deux partenaires allèrent de milonga en milonga. Traînant leur chagrin éperdu.

A plusieurs reprises, Pablo apparut. Il restait peu de temps dans un bal. Il s'échappait après un coup de téléphone. Il courait à un rendez-vous. Tessa agonisait… Elle dansait. Avec Pekka.

Deux épaves sanglotent.
Et puis elles tangotent.
On les a jetées
Brutalement sur la grève.
Et lentement la vague
A recouvert leurs larmes,
Exorcisant leur peine,
Et arrachant leur cri.
Elles n'ont pas de haine,
Mais des regrets amers,
Portant sur un plateau de mer
Des fruits vivifiants.
Des bulles transparentes,
Cristaux en attente
D'une autre vie.
Des notes qui se lèvent,
Bondissant dans le noir,
Rythment la valse espoir
De leurs nouveaux rêves.

Parfois Lucile apparaissait dans une sortie. Elle avait, comme Tessa, persévéré dans des cours et des pratiques. Elle avait aussi le défaut des asperges… Les deux copines parlaient beaucoup.
- Oh là là, pourquoi les hommes sont-ils petits ! Disait Lucile en riant.
- Et les grands sont raides ! J'essaye de partager avec tout le monde, je ne fais pas la difficile. Mais il est certain que je suis plus à l'aise avec un homme de ma taille…
- Hum… Pablo par exemple ? Tu as des nouvelles ?
- Non. Et c'est mieux. Une petite tanda à Sanary. Il est toujours difficile d'obtenir des mots. Monsieur n'aime pas qu'on le force à dire des choses. Attendrie d'être contre lui, j'ai demandé : tu m'as aimée ?
- Quelle question !
- C'est vrai qu'on pourrait en douter ! Il m'a regardée longuement, et il a finalement soupiré : oui ! Et quelques secondes après : souviens-toi, mes larmes dans tes yeux…
Voilà, je dois me contenter de ça. Cinq ans de trémolos pour en arriver là. Je n'ai pu m'empêcher de répliquer : si c'est fini, ce n'était pas de l'amour… Mais pas de réponse !
- La passion comme tu la vivais ne dure pas, tu sais bien.
- Je suis assez bête pour penser qu'un véritable amour doit durer. J'ai la sensation que ce que j'ai vécu avec lui, je ne le retrouverai jamais. Et c'est déprimant de piétiner encore. Dans le regret d'une belle histoire.
- Tu devrais descendre sur terre un peu ! Les hommes ne sont pas des dieux ! Et sa petite jeunette ?
- Il dit qu'il m'en parlera un jour. La considération d'une jeune, quelle fierté ! Et si elle est belle, intelligente ! Je comprends…
- Tu vas oublier ?
- Bien sûr, avec le temps ! Ayons de l'humour ! Et puis maintenant que je danse mieux. Moins mal, on dira ! Je peux jouer la cougar, c'est très agréable ! Je ne vais pas

inonder mon reste de vie avec une larme *********! Que ce soit celle de Pablo ou la mienne !
Tessa avait parlé avec un semblant de force. Mais Lucile avait bien perçu que son regard s'embuait… Elle changea de sujet :
- Et ton amie Chloé ?
- Alors là, c'est aussi le ratage. Décidément, au tango les rapports ne sont pas simples. J'avais du mal à admettre son penchant pour les anciens.
- Elle passe encore ses soirées avec Jacques ?
- Penses-tu, elle n'était pas bien dans cette amitié amoureuse. Elle est passée à un autre tout aussi âgé. Nous devions aller au festival de Nice. Elle s'est désistée la veille, m'incendiant par texto.
- Vous communiquiez surtout de cette manière ?
- Oui, on se voyait peu. Mais là j'ai eu la leçon sévère d'une gamine : "je ne supporte pas tes plaintes perpétuelles sur l'âge et les hommes" ! Il est sûr que nous n'avions pas les mêmes réactions face à l'élément masculin ! Donc je me suis excusée de l'avoir dérangée !
- C'est vrai que les jeunes femmes sont très recherchées. Elles ne peuvent comprendre ce que nous vivons, nous, les plus mûres !
- Je reconnais qu'elle m'a apporté beaucoup dans la connaissance des mâles ! Moi j'en étais restée à l'admiration. La force virile ! Je ne sentais pas le mal-être qui les animait. Finalement une peur de décliner. Bien légitime quand on est sensible à leurs problèmes.
- Mais que lui apportent-ils, à Chloé ?
- Ce sont de bons danseurs, bien sûr. Ensuite, il y a toujours chez ces traumatisées un père inexistant. Qu'il faut

********* "Une larme de toi
Inonde mon âme"
"Una lágrima tuya
Me moja el alma" (Homero Manzi)

remplacer. Incroyable ! Chloé disait que leur faiblesse l'attendrissait !
- Oh ! C'est plutôt quelque chose qui m'énerverait !
- Disons qu'on peut l'admettre. Mais je l'accepterais dans une cohabitation amoureuse. Lorsqu'on vieillit ensemble…
Bon, elle avait de bons côtés cette Chloé. Par exemple, elle a pris des cours avec Hamil et ne lui a pas fait de cadeau !
- Ah le fameux maestro pervers ?
- Oui, cours particulier dans son salon. Mais elle est fine, la coquine, elle a perçu la camera cachée. Montez les jambes le plus haut possible ! Elle n'a pas accepté et s'est engueulée avec lui !
- Elle a porté plainte ?
- Je pense. Elle fait partie des huit femmes qui ont réagi. Mais les autres ont réellement vécu avec le maître. Et se plaignent de harcèlement, atteinte à l'intimité !
- Tu connais les autres ?
- Oui, de vue. Ce sont des danseuses. Toutes. Elles ont d'abord convoité un futur artistique avec lui. Et puis certaines se sont attachées à lui et ont été déchirées.
- Tu sais ce qu'elles lui reprochent ?
- C'est très difficile de savoir. En fait elles ne veulent pas parler. On sait qu'il les filme à leur insu.
- Quand elles dansent ?
- Oui, mais aussi dans des relations intimes.
A ce moment Tristan vint inviter Tessa pour une milonga. Elle accepta. Même si ce rythme rapide lui convenait peu. Encore ce soir-là, les leaders ne l'emportaient pas par le nombre. Et il ne fallait pas exiger trop…
Assise de nouveau près de Lucile, cette dernière revint à leur conversation :
- Et Hamil, que fait-il des films ? Il ne les met pas sur internet ?

- Non, quand même pas ! Mais je crois que quitté par une femme, ou inversement l'ayant quittée, il s'amuse avec la suivante en passant les films.
- C'est pervers, mais n'y a-t-il pas sur terre beaucoup de voyeurs de ce style ?
- C'est certain. Ce qui est grave, c'est cette manière de travailler caché. Sans autorisation des concubines. Maintenant, on ne sait pas tout. Il y a peut-être des choses plus dures dont elles auraient honte. Parce que cela touche leur être profond.
- Un sacré milieu, cette communauté du tango !
- Tu y trouves autant de généreux que d'égoïstes. Autant de sains que de malsains !
- Et des fragiles aussi ? C'est le cas de Chloé non ?
- Oui, pas méchante la petite, mais perturbée.
- A première vue, elle est très sympathique. Elle donne l'image de quelqu'un qui veut donner, non ?
- Je me suis laissée prendre, comme beaucoup ! C'est un système de séduction. A toi, femme, elle dira cent fois que tu es belle, belle à l'intérieur. Et surtout occupe-toi de toi, fusionne avec toi. Elle redressera ton ego avec des compliments. J'avais besoin de cela quand je l'ai rencontrée. Pablo venait de me faire très mal.
- Et avec les hommes ? Elle utilise quels arguments ?
- Je n'ai pas trop fouillé. Mais il est évident que sa beauté physique est une aide précieuse et laisse les paroles à l'arrière-plan ! Enfin, je t'assure que je me passe aisément de toutes ses vues de l'esprit !
Cette fois, Arnaud était venu chercher Tessa et Joris avait entraîné Lucile. Elles suivirent ave plaisir les notes cristallines de "Cascabelito" ! Heureuses de pénétrer dans un carnaval. De retrouver la joie au milieu des sons d'un chant espagnol. Tessa identifiait les mots : "clavel",

"corazon"[†††††††††]. Elle les faisait siens pour un jour peut-être les échanger avec un autre amour…

"Cascabel, Cascabelito;
Rie, rie y no llores
Que tu risa juvenil
Tenga perfumes de mis amores."[‡‡‡‡‡‡‡‡‡]

[†††††††††] "œillet", "cœur"

[‡‡‡‡‡‡‡‡‡]" Grelot, petit grelot ;
Ris, ris et ne pleure pas
Que ton rire juvénile
Prenne le parfum de mes amours." (Pablo Andres Caruso)

Les soirées noires de Tessa étaient celles où Pablo surgissait. Pekka disait que son visage changeait quand elle l'apercevait. Son expression devenait tragique. Elle faisait des efforts pourtant. Elle ne voulait pas qu'il voit sa souffrance.

"Si mi vida es un tormento
Jamás, jamás lo vas a saber !" §§§§§§§§§

Elle était un petit soldat courageux qui bataillait pour survivre.

Inutile de dire : "tanguero, parle-moi". Désormais il se taisait. Ce que récemment il avait ressenti. Ce qu'il avait pensé. Ce qu'il avait imaginé. Cela ferait définitivement partie d'un dossier clos. Auquel elle n'aurait pas accès. C'était d'autant plus dur qu'il avait dit un jour : je n'ai jamais autant parlé à une femme. La femme c'était elle. Et elle avait eu l'impression à ce moment-là d'avoir une priorité, des prérogatives. Elle était l'unique. La seule à avoir obtenu certains mots de lui. Malgré son chagrin, elle persista à songer. Que leur union avait été magnifique. Une belle histoire, une entente exaltée, ne pouvaient s'éteindre complètement. Un nuage d'amour devait rester au fond du cœur de l'un et l'autre. Pendant des années, elle lui trouverait des excuses. Expliquant son départ par un conflit. Qu'il avait souhaité fuir.

Une chanson la ramenait à lui. Un geste qu'il avait eu. Une idée. Un endroit.

Elle mit son point d'honneur à progresser. Elle essaya de suivre Pekka qui devenait un excellent cavalier. Tu seras bientôt trop bon pour moi, lui disait-elle. Je te ferai toujours danser, répondait-il gentiment. L'amitié les avait sauvés tous les deux. Ils étaient un couple au cours de Maria et Claudio. Ils allaient ensuite dans les pratiques pour retravailler. Pekka

§§§§§§§§§ "Si ma vie est un tourment
Jamais, jamais tu ne le sauras" (Jamas lo vas a saber)

détalait quand Hamil arrivait. Et lorsque Pablo par hasard faisait une visite, aussitôt Tessa demandait à Pekka de l'inviter. Elle dansait la mort dans l'âme, se serrant très fort contre lui. Elle sentait qu'ils avaient la même énergie. Ils étaient liés. Deux adeptes de la passion impossible. Un mythe qui les engloutissait. Déçus par leurs amours, ils se soutenaient et attendaient la guérison. Tu ne l'oublieras jamais, disait Pekka. Mais tu verras, tu vivras un amour de réparation. Et puis après, qui sait ?
Et toi ? Loïca ? Interrogeait-elle. Je la méprise, répondait Pekka. Elle a un cœur de pierre…

L'amitié est-elle une forme d'amour ? C'est ce qu'affirmait Fabien. Il venait d'embrasser Tessa sur les deux joues. Il avait remarqué les larmes dans ses yeux. "Il" est là avec sa Judith, murmura Tessa. Elle parlait de Pekka, leur ami commun. Oui, cela faisait des mois qu'il avait disparu. Très mal après l'abandon de Loïca, il avait arrêté les cours avec Tessa, sans trop d'explications. D'abord il n'avait pas répondu à ses missives. Puis il lui avait trouvé un remplaçant. Elle n'admettait pas cette façon peu directe de prendre de la distance. Ni d'imposer sa loi. Elle eut un message réponse glacial. Elle avait déjà trouvé quelqu'un. Qu'il ne se fasse pas de souci… Et Michel qui la serrait fort dans les pratiques avait racheté le dernier trimestre. "Ce serait bien, nous deux ?"Avait-il écrit dans un texto. Un beau cavalier. Il tenta quelques manœuvres de séduction. Qui demeurèrent à l'état d'amusement pour les nouveaux alliés. Michel avait d'ailleurs une copine à la maison….
Tessa savait que Pekka était allé plusieurs fois à Nice avec Judith. Une sophrologue qui adaptait son métier au tango. On lui avait parlé de cette célibataire. De son travail intéressant. Aussi, un cours de sophro tango étant programmé à Sanary, elle s'était inscrite. Moins de stress. Une sensibilité et une connexion paisibles. Enfin le bien-être!
Quelle ne fut sa surprise ! L'assistant de Judith. Qui obéissait à ses moindres ordres. Qui se collait contre elle. Qui souriait béatement à toutes ses réflexions. C'était Pekka! Tessa évita de regarder son ex-partenaire pendant toute l'heure. Elle ruminait. Elle n'avait pas jalousé les petites amies. Mais là, c'était une femme plus âgée qui lui prenait son camarade. Lorsque Judith voulut expliquer un mouvement à Tessa. Lui demandant d'être leader. Je n'aime pas faire l'homme, jeta sèchement Tessa. Judith accepta intelligemment la franchise de son élève. Avait-elle perçu son caractère résolu ? Était-elle étonnée par son allure

décidée ? Elle voulut aussi lui faire plaisir. Et lui lança par la suite : tu es une danseuse toi ! C'est là que Tessa comprit les progrès qu'elle avait faits récemment. Oui, elle avait quitté son uniforme de débutante !
A la fin du cours, Pekka vint l'embrasser. Lui mettant un peu de baume au cœur. Il n'était pas fâché. Il avait eu soif de liberté…
Pekka et Tessa dansèrent furieusement comme ils aimaient le faire. Rythmant. Donnant toute leur force. Toute leur âme. Judith les aperçut. Elle comprit que ces deux-là avaient quelque chose de surnaturel qui les unissait.
L'instant d'après, Tessa vit Judith quitter la salle avec son aide." Tu vois, on s'aime toujours beaucoup", dit-elle au gentil Fabien. Certes, on pouvait être avide de respirer à un moment donné. Quand tout devenait trop lourd !
Cependant les mois passèrent et Tessa se retrouva une fois de plus seule sur la route des milongas.

Tessa apprit que Pablo était parti au bout de la planète. Accompagné d'Olena, la fille qui lui avait murmuré "je vous trrrrouve trrrrès beau". Oui, le tremblement des r avait quelque chose d'envoûtant.

Elle rencontra de nouveau Pekka dans les bals. Il évitait les discussions d'autrefois. La source amicale se tarissait. Le besson s'éteignait. Pekka avait une nouvelle amie, Hanna. Qui exigeait de s'inscrire à tous les cours avec lui. Il ne serait donc plus du tout son partenaire. Elle avait bien senti qu'il s'éloignait. Fais-toi petite, avait-il conseillé. Il espaça ses invitations en soirée. Jusqu'à ne faire aucune tanda avec elle. Tessa devait aller vers lui. Elle le recherchait car il était un des meilleurs cavaliers. Il guidait de mieux en mieux. Elle avait toujours de la tendresse pour lui et ce qu'ils avaient vécu ensemble. A ses reproches il répondit brièvement : on garde le lien …. Elle comprit trop tard qu'elle l'étouffait. En voulant garder encore. Un peu de son attention. Un peu de bonheur dans un abrazo fermé.

Pendant le congé d'été, il avait peu répondu à ses appels téléphoniques. Elle le retrouva à Sanary en septembre. Hanna travaillait ce soir-là. Pekka dansait beaucoup avec Ingrid, belle étudiante. Tessa avait gardé cette habitude. Inviter directement les amis, sans mirada préalable. Elle obéissait davantage aux codes avec des inconnus.

A sa demande, Pekka sembla hésiter. Il se tourna vers Ingrid qui se trouvait à quelques mètres : on la fait celle-là ? Dit-il d'un air détaché. Ingrid y alla d'un regard victorieux et fit signe : oui, bien sûr… Pekka lui prit la main, disant à Tessa qui attendait : après ! Ce n'est pas sympa, rétorqua Tessa. L'ancienne copine perdait son importance… Et même on l'humiliait ! Elle était consternée par cette façon de jouer au roi. Pekka pouvait avoir toutes les jeunes filles qu'il voulait. Et il profitait de ce pouvoir. Mais ne pouvait-il respecter ce qui avait été une amitié ? Grisé par son succès, avait-il

oublié le temps où tous deux débattaient de ce genre d'incivilités ?
En fin de soirée, Tessa eut quand même son intermède effréné avec Pekka. Celui-ci termina en disant : je monte ! Il mima vaguement son ascension. Tessa pensa tristement que les galaxies étaient loin. Oui Pekka désirait enseigner un jour le tango. Il voulait faire partie des meilleurs. La route n'était-elle pas infinie et encombrée ?
Le lendemain, une soirée était organisée au Castellet, dans la cour du château. Pekka y était avec Hanna. Il discutait profusément avec l'une et l'autre. Ne pouvant se contenir, Tessa l'impulsive s'élança vers lui : "Tu veux danser ?"
Il se leva péniblement. Elle sentit que quelque chose d'inhabituel se préparait. Il l'entraîna dans le hall. Abasourdie, interdite, elle fut submergée par des sons colériques. Un tonnerre se mit à gronder. Le frère, le jumeau se mourait… Il prenait un sentier arrogant.
-Comment ? Disait-il, hier tu me déranges avec ma danseuse de la soirée ! Et aujourd'hui encore ? Tu m'emmerdes ! Tu ne vois pas que tu gâches ma vie !
- Je gâche ta vie ?
Ce gnome qui hurlait. Elle ne le connaissait pas. Il fallait le laisser. Elle ne savait pas qu'il avait maintenant des danseuses d'un soir ! Jeunes beautés qui vous gonflaient d'importance. Elle repartit amèrement vers la salle, la tête haute. Pekka n'était-il pas en train de faire fausse route ?
Il y avait derrière elle des années d'amour et d'amitié. Des dons réciproques. Et tout s'était consumé. Dorénavant elle savait qu'il ne fallait pas faire de sentiment au tango. Suivre une mélodie. En rythme. Exclusivement. Elle se souvenait avoir parlé librement avec Pekka, avant l'été. Sa relation et sa rupture avec Loïca l'avaient durci. Il ne voulait plus rien de douloureux. Fais comme moi, avait-il dit, ne donne plus, prends. Mais saurait-elle ?
Ah ! Tango, tangis, tangit !

Je prends, tu prends, il prend !
C'est le tango des forts en égoïsme
Le plus laid tango du monde
Celui des forts en séduction
Qui ne se remettent pas en question.

Comment était-ce possible ? Pekka ne reviendrait-il pas un jour à des sentiments altruistes ?

Une autre fois, alors qu'elle était allée seule en milonga, elle avait raconté sa soif d'avancer. Son détachement vis-à-vis de tous les tangueros. Il avait dit : ah, enfin ! Bienvenue au tango ! Et elle de songer : quand on n'aime plus, on n'a plus mal. On n'est ni malheureux, ni heureux. Quand on n'a plus rien, un vide s'installe. On est libre. Cette liberté totale, cette distance vous conduisent-elles au véritable tango ?

Pablo s'est échappé. Pekka s'est évanoui. Ils sont partis avec ses rêves. Elle est heureuse d'avoir connu des émotions avec eux. De les avoir tout simplement aimés. Le premier a dit : j'aurai toujours plaisir à te parler. Le deuxième : j'aurai toujours plaisir à te faire danser… Ce sont des mots…

Un morceau d'existence prend fin. Chez Yvon, le coiffeur de Bandol, elle dit j'en ai assez de ces mèches blondasses fadasses. Elle se retrouve avec une toison lisse et brune. Immédiatement un jeune homme se retourne sur elle dans la rue et la dévisage. "Une autre femme" dit Claudio le maestro. "La rubia", c'est fini. La tanguera camélia aussi. Elle n'est plus l'être fragile qui attend. La misérable sur son petit banc. L'affliction dans les ténèbres… Le tanguero lui fait un signe. Admire sa souplesse. Le tanguero n'a pas besoin de parler. Sa présence suffit. Quelques instants. Puis elle le laisse et s'intéresse au suivant. Elle est le feu follet qui attire et rejette constamment. Le monde est ainsi fait que l'on désire ce qui vous échappe. Ses yeux bleus ressortent. Dans un visage encadré de noires pensées qui ne durent jamais. Elle est agréable. Elle rit, l'espace de plusieurs minutes. Ensuite elle danse. En se taisant. Elle est concentrée.

Elle aime bien aller à La Bastide. Le parquet glisse à souhait. Tout autour de la salle, des petites tables rondes. Elle s'y installe seule. Parfois une connaissance la rejoint. Mais elle n'attend personne. Certains mangent ou boivent. Elle n'a pas faim. Rarement soif. Elle vient pour sentir son corps. Uniquement. Autrefois elle faisait des efforts pour bavarder. Et finalement, là, dans une position paisible, elle est gagnante. De bons cavaliers utilisent le cabeceo. Elle acquiesce. Elle se lève quand ils arrivent à son niveau. Car : est-ce bien pour elle qu'on se déplace ? Elle a connu cette erreur de se dresser trop rapidement ! Alors que l'invitation était pour la voisine ! Elle affiche une placide assurance.

La Bastide est connue. Y descendent le Week-end des tangueros de toute la région. Un homme s'avance. Elle ne connaîtra jamais son nom. Elle saura juste qu'il a fait des kilomètres. Qu'il habite Valence. C'est "l'homme de Valence". Ils sont de la même taille. Ils s'entendent admirablement. Le code prescrit une seule série avec une tanguera dans une soirée. La semaine suivante pourtant "l'homme de Valence" récidive plusieurs fois. Il lance : on est bien. Ensuite il explique que sa copine est à la montagne. Tessa demeure muette. Elle sourit. Il précise un jour qu'il n'est pas amoureux d'elle mais radieux de donner du plaisir. Et puis elle ne le revoit pas. C'est toute l'odyssée du tango. On navigue. On dissimule tout. Où on est. Où on va. On sublime le mystère de l'homme et de la femme. La singularité de leur connexion. Qu'importe l'individu. On se trouve dans une certaine félicité. Sans savoir pourquoi. On ne cherche pas à analyser. On s'oublie soi pour être dans l'irréel.
Un soir, au bout de la salle, elle aperçoit un beau spécimen. De haute stature. Il est encore jeune. Il lui plaît. Elle se faufile vers lui. Evitant les collègues qui ont démarré. Et c'est là qu'elle a changé. Elle n'utilise pas n'importe quel moyen caché pour obtenir. Les féministes seront enchantées: elle invite froidement. Elle n'implore pas mais elle laisse le choix. Elle est claire mais sans brusquerie en face d'un libre seigneur. Voulez-vous ? Il dira oui ou non. Celui-ci la jauge. Du haut en bas. Il est suisse, il a douze ans de tango. Elle le fait parler car elle sent une réticence. Et elle s'en amuse. Elle n'est pas son esclave. Et s'il n'est pas content, car certes elle est moins habile que lui, qu'il le dise. Entre deux tempos : "ça va à peu près" ?
"Oui, pour une première fois", dit-il. Son visage s'est éclairé. Elle se délecte avec lui. Elle reconnaît une technique travaillée. Elle sait que l'instant d'après il cherchera une

tanguera plus chevronnée. Qu'importe. Il y a d'autres cavaliers doués.
L'homme à la chemise violette la regarde. Cette fois, elle répond à un hochement de tête. Un bon moment aussi.
Et puis il y aura "Toulouse". Encore une fois sans prénom. Attaché à une ville. Un fou débutant qui remue beaucoup, dans un abrazo ouvert. Mais elle se divertit. Il a pris un râteau. "Vous avez vu cette femme ? Elle ne veut pas danser avec moi. Pourquoi, pensez-vous ?"
Elle répond gentiment :
"Votre tango ne lui plaît pas !"
"Dommage parce que je cherche une fiancée !"
"Toulouse" a l'avantage de ne pas se prendre au sérieux. On se demande s'il fait une salsa. Il est dans la cadence quand même. Bien sûr, elle devient difficile en progressant. Elle ne n'évoluerait pas toute la soirée avec ce genre de partenaire. Cependant elle est patiente. Car elle veut bouger. Elle peut tout supporter. Les ronchons, les prétentieux, les timides. Mais pas à n'importe quel prix. Tout dépend de la faune présente. Elle a le nez très fin. Elle s'éloignera d'un "transpirant" pour éviter de dire non. Car, figurez-vous, elle a de bonnes manières. On n'en a pas toujours eu en face d'elle !
Comme elle apprécie désormais le tanguero qui s'excuse. Il a fait un mauvais pas. Par le passé elle était fatalement coupable du ratage ! Et elle courbait l'échine. Elle culpabilisait. Plus on la maltraitait, plus elle faisait de bêtises. Elle se tait maintenant. Mais n'accepte pas intérieurement l'orgueilleuse dictature. Elle sait le labeur énorme qui amène à un bon guidage. Ce n'est pas une raison pour manquer d'éducation. Elle en arrive à préférer moins de tandas, mais de bons et agréables leaders. Pas de connexion? Eh bien non, on ne s'est pas entendus. A la rigueur, on peut refaire un essai. Mais si celui-ci n'est pas concluant, affaire classée.

Tessa a cassé ses chaînes. Elle a mis des années à réaliser ce à quoi elle aspirait. Etonnée par diverses turpitudes, elle affirme qu'elle les survole avec mépris. Elle refuse la grande séduction qui est une tricherie primaire. Elle dit ce qu'elle veut sans détour. Il la regarde. Elle lui jette un coup d'œil. Il fait un geste vers elle. Elle est d'accord. Il évolue bien. Elle suit. Il est satisfait. Elle aussi. Il ne pose pas de questions. Pourquoi pas. Tous deux gardent leurs réflexions. Ainsi l'histoire est belle, elle est sans lendemain. A la fin, on dit avec simplicité : super. Elle le sait Tessa, les codes du 19eme siècle sont nés en argentine. Ils peuvent être utilisés comme une comédie des centaines d'années après. Dans des pays où la femme libre ne voile plus depuis longtemps son caractère et son intelligence. Mais elle pense. Non, la sensualité, ce n'est pas la dépendance. Ce n'est pas une maladie de femelle calculatrice. C'est une force qu'on peut vivre à deux. Et magnifier parfois à l'aide de sentiments. Ah! Dommage pour ceux qui s'en servent vulgairement. Cela peut les conduire à une satisfaction qui n'est pas le bonheur.

Certes. C'est ce jour-là. Qu'elle le rencontre. Ou tout d'abord, qu'elle sent sa présence. Sans le voir. C'est un être fier. Il n'a pas d'âge. Il est à la fois expérimenté, surgi des années 1850[xxii]. Et tellement jeune, tellement frais. Il a traversé les mers sur des vagues mélodieuses à deux et quatre temps. Animé par une attitude noble et des pas assurés. Et puis ses traits se précisent. Il ressemble à un argentin… Elle brûle de lui parler. Mais elle est un peu intimidée. Et s'il était venu pour juger ? S'il pensait : qu'ont-ils fait de moi ces européens ? Mais oui Tangolito (c'est le nom qu'elle lui donne), on a fait ce qu'on pouvait ! Tu es l'esprit du tango. Tu ne renies pas tes origines. Tu as un pantalon à pinces, une chemise blanche cintrée. Droit comme un I. Tu donnes l'exemple. Tu passes d'un Pugliese sévère, virtuose du piano, à un Quinteto Beltango, gai et envolé. La musique t'habite et te galvanise. Tu acceptes toutes les évolutions. Tu écoutes le nuevo. Cependant… Tu souhaites la considération. L'estime. Tu soupires cette après-midi. Une tanguera se démène. La robe fendue et moulante dévoile une charmante culotte rose. Des voleos, des boleos à n'en plus finir. Une véritable gymnastique. Même le guideur semble débordé, embarrassé. J'ai mal pour toi, Tangolito. Tu as une mine contrite. On te massacre avec trop de vanité.
Que veux-tu. On est loin de Buenos Aires…. De ces conventillos[**********] où tu es né. De cette simplicité créatrice qui conduit ton ami Alberto[xxiii] à des récits, des saynètes, des chansons.
Heureusement. A certains moments tu te redresses. Ce soir tu es blotti au fond de la voiture. Admirant le paysage aride si cher à Cézannes. Lucile et Tessa prennent la direction d'Aix-en-Provence. La route est fastidieuse. Au bout de l'autoroute les attend une milonga spéciale. Un orchestre

---

********** "petits couvents" : cours entourées de chambres où se mélangeaient toutes les populations et toutes les langues. A Buenos Aires, fin du 19ème siècle, berceau du tango en tant que culture.

serbe a été invité. L'atmosphère est dans la tradition. Pas question d'aller chercher les copains avec de grands gestes. Les violons, le piano, les bandonéons.... Il y a une sorte de respect admiratif pour ces musiciens extraordinaires. Parfois même on ne pense pas à bouger. On les écoute. On les regarde. Ils viennent de loin. Ils apportent leur talent et leur travail. "Bahia Blanca"[††††††††††] transporte les deux copines mais les cloue sur leurs chaises. Les notes sont vivantes. La mélancolie s'insinue doucement et traverse les cœurs. Le spectacle est surnaturel. Tessa suit la virtuosité d'une très jolie violoniste, svelte et gracile. Elle n'a pas vingt ans, une enfant douée. Son visage est figé. Il exprime surtout une attention et une rigueur. Une sérénité implacable.

Et puis avec "No Mientas"[‡‡‡‡‡‡‡‡‡‡], le rythme s'envole. La fougue du compositeur fait planer les musiciens. Regards. Cabeceos. Des couples se forment. Ils scandent leur propre tango.

Tessa l'examine. Il est à quelques mètres, Tangolito. Avec son visage tranquille. Oui, il semble heureux.

Les deux femmes repartent dans la nuit, ravies. Avec l'impression de s'être nourries de créations anciennes. Portées sur des plateaux gracieux par des héros magnifiques. C'est Lucile qui conduit.

-Quelle soirée ! ça fait du bien hein ? Jette Tessa.

-Ah ! Madame est comblée ? Elle n'en veut pas à ses partenaires ? Elle est contente de la représentation ? Rétorque Lucile.

-Quand c'est parfait, il faut le dire. Cette ambiance, hum, toi qui vas souvent à Buenos Aires. Les milongas là-bas sont davantage dans ce style ?

[††††††††††] (Di Sarli)

[‡‡‡‡‡‡‡‡‡‡] (D'Arienzo)

-Tu sais, on dit beaucoup de choses sur le tango en Argentine. Mais c'est un peu comme ici. Suivant le lieu, l'ambiance varie. L'après-midi, les danseurs sont plus âgés.
- Forcément, car ce sont des gens qui ne travaillent plus ?
- Oui, et la milonga est un loisir régulier pour eux. Par contre, le soir, il y aura plus de jeunes argentins.
- Qui aiment se divertir une partie de la nuit ?
- Tiens donc ! Je vais souvent à "La Viruta"[§§§§§§§§§§]. C'est ouvert jusqu'à six heures du matin !
- Alors, la musique ?
- Il y a du tradi[xxiv] et du nuevo[xxv]. Ils s'amusent ! Ils dansent en abrazo ouvert !
- Ils font des figures ?
- Pas tellement. C'est plus un tango milonguero. Tu verras surtout des ochos et des ochos cortado.
- Nous, là, en France, est-ce qu'on n'a pas transformé le tango argentin ?
- C'est sûr ! A Buenos Aires, la femme n'invite pas ! Comme on fait toutes les deux à La Garde ou Carqueiranne, ça serait très mal vu !
-Donc on utilise la mirada ?
-Oui. Et surtout le cabeceo. Il y a un art du cabeceo. Un mouvement de tête très lent.
- Du coup, la française ne bouge pas beaucoup ?
- Oh si. Les argentins aiment les étrangères. Et puis comme ils dansent beaucoup, ils retombent souvent sur les mêmes tangueras. Une touriste fraîchement arrivée leur permet de changer de cavalière !
- Même si elle danse mal ?
- Ah non, pas fous ! Ils regardent d'abord comment tu danses !
- Et la tenue, c'est important ?

---

§§§§§§§§§§ "Copeau de bois"

- Oh là ! En général, c'est très habillé ! On ne voit pas des filles en jeans ! Il y a la tenue "formal"*********** Surtout dans les endroits chics. Et tu ne rentres pas si tu es mal fagotée.
- Dis, on tient beaucoup aux codes.
- Oui, je pense que le tango surgit de leurs entrailles. C'est l'histoire, l'émotion d'un peuple. Et tu dois respecter ces traditions.
- C'est un peu à l'image de ce soir. Tu dois admettre que tu es au spectacle et accepter le divertissement qu'on te propose.
- Et en plus dans les endroits chics, tu prendras "una copa" de champagne. Sans oublier de participer en fin de soirée à une petite "chacarera", ou une danse du mouchoir !
- La chacarera ? J'ai déjà vu ça. En ligne. Parfois les femmes font tournoyer leurs jupes et les hommes frappent des pieds. C'est très rythmé.
- Je pense que c'est une danse traditionnelle du pays. Chez nous il y a aussi les danses folkloriques.
- C'est un astre sacré ce tango ! Il irradie dans toutes les directions. On n'en finit pas de découvrir.
- Il faut dire que tu y as eu ta dose de bouleversements et de sentiments. Mais on dirait que tu es apaisée ?
- Tu vois Lucile, j'ai l'impression d'être au bout d'une piste. Et voilà que d'autres routes s'offrent à moi. Et que des ouvertures intéressantes se présentent et m'apportent différentes satisfactions.
- Je suis contente pour toi, affirme Lucile, alors qu'elle arrête sa voiture devant la maison de Tessa.
Une bise. "A samedi à La Ciotat". Une belle milonga les attend.

*********** Sérieuse

Lucile et Tessa se retrouvent dans la cour de l'Eden. Avant le bal, elles assistent à la projection d'un film émouvant : "Ultimo Tango". A La Ciotat, dans le plus ancien cinéma du monde, dans un lieu magique face à la mer, réapparaît un couple légendaire. Maria et Juan forment un duo mythique dans les années 1940 à Buenos Aires. L'amour, la jalousie : rien n'a changé. Maria a le coup de foudre pour Juan. Elle se serre contre lui. Elle dit en espagnol : "La danse m'intéressait moins que la personne". Et puis un jour Juan part : "Je ne pouvais plus la supporter", dit-il. Il vit avec une autre. Maria se consacre dès lors au tango.

Les deux tangueras quittent silencieusement la salle.

- "Aucun homme ne mérite les larmes d'une femme" dit Maria, je suis bien d'accord avec elle, soupire Tessa.

- Oui, elle a dû souffrir énormément. Mais on retourne toujours à cette question : le problème de la séduction. Tu as vu combien l'homme le vit différemment. Il batifole.

- Et la femme, elle, le vit profondément. D'où la guerre et la cassure.

- Bon, il y a aussi des femmes qui ne font pas de sentiment. Et les rôles peuvent être inversés.

- Je ne suis pas persuadée qu'elles en soient heureuses. Mais tu vois comme le tango est le théâtre de ces relations éternelles. Je me demande d'ailleurs si ce n'est pas pour certains hommes un refuge, un retour en arrière. Ah ! De nouveau la possibilité d'ordonner, de dominer !

- Sans doute parce qu'ils se sentent en état d'infériorité dans notre société actuelle. Et là ils ont la partie belle, car peu nombreux, d'où très demandés.

- Ah, je vais te dire. Je viens de traverser quelque chose de drôle, qui m'a fait réfléchir ! Tu sais que je n'avais pas de partenaire ?

- Ah oui ! Vilain Pekka ! Il n'est pas revenu vers toi ?

- Non. Et de toutes façons je ne veux plus entendre parler de lui. Il a été odieux. On ne me traite pas ainsi ! A l'avenir, il n'existe plus ! Disparu ! Volatilisé !
- Pourtant vous étiez très proches !
- C'est à mon avis ce qu'il ne supportait pas. Il savait que je n'étais pas d'accord avec sa nouvelle manière de vivre. Notre complicité le rendait prisonnier. Il a voulu casser les chaînes. Et c'est très bien. Moi aussi je jette le passé !
- Franchement, ça a l'air de te réussir. Tu as rajeuni !
- Tout le monde me le dit. Je me sens vraiment bien.
- Tu continues à prendre des cours ?
- Justement ! La valse des partenaires ! Difficile d'en retrouver un. Et surtout un bon ! Il y a des cavalières qui payeraient pour former un couple !
- Oui je sais. J'ai résolu le problème : je prends des leçons particulières.
- J'ai failli ! Et je tombe le jour des inscriptions sur un bel homme : Laurent. Plutôt jeune. Il cherchait à travailler avec mes maestros. Je propose un tandem.
- Oh ben dis, la chance !
- Deux cours se passent à peu près bien. Je n'avais pas compris que Laurent avait seulement deux ans de tango. C'était un peu difficile pour lui. Mais j'étais sympa et encourageante. Par message je lui parle d'une pratique. Il est d'accord pour y venir tard en soirée. Super. Et puis il veut l'adresse du lieu. Et puis davantage de détails pour s'y rendre. Je lui donne et termine par un "ah les mecs " !
- Toujours un peu franche !
- Oui, il avait déjà cherché la salle de cours pendant une demi-heure la semaine précédente ! Et bien figure-toi qu'il a pris la mouche à cause du "ah les mecs" ! Je me suis fait incendier par textos. Je le traite de guignol, paraît-il.
- Tu as blessé son ego !
- Très susceptible Monsieur. Et il continue dans un monologue démesuré. "Tu as un communicant en face de

toi. J'ai fait des formations pros, moi". Je réponds : "tu veux plaisanter ? ""Non, je ne rigole pas. Je prends dix rendez-vous semaine." Ensuite il m'écrit : "Aucun remords ?" Il voulait que je m'excuse, figure-toi !
- Et ça s'est terminé comment ?
- J'ai entendu aussi que je n'avais pas la pédagogie pour qu'il s'implique davantage. C'est-à-dire qu'il comptait sur moi pour progresser ! Bon, pas de nouvelles pendant quelques jours. Et puis Monsieur m'a demandé d'être dans un état d'esprit positif, sans dégrader la condition masculine. Alors d'accord je fais des efforts… Je me suis dit que je ne me mettais pas suffisamment à la place de ces messieurs, sans doute ?
- Tu n'as pas la gentillesse tango, tu sais bien. Si tu n'es pas soumise. Si tu n'es pas en admiration devant leurs performances, tu manques à tous tes devoirs !
- Si tu sors ce genre de réflexion, tu sais, on te traite de féministe ! Ou gentiment on te conseille de faire une autre danse. Car tu n'as rien compris ! La petite hypocrite qui fait des mines pour qu'on l'invite, celle-là a de la sensualité, de la féminité, de l'intelligence !
- Tu me fais rire ! Tu as parcouru un sacré chemin ! Tu sais maintenant qu'il y a une comédie. Avec des lois. A toi de ne pas déraper pour garder ta liberté !
- Oui. Je suis plus lucide. Je comprends aussi les difficultés rencontrées par le guide pour intégrer la technique. Des années de labeur ! Par ailleurs n'ai-je pas perdu ma naïveté?
A ce moment Tessa suit Francesco qui est venu s'incliner devant elle. Ah comme elle aime cela ! Cette demande galante. La tanda est brusque. S'égrènent les notes du compositeur Biagi[†††††††††††]. Le charmant italien guide solidement. Et Tessa adore la connexion qu'il lui offre. Elle ne connaît pas Francesco depuis longtemps. Ils ont d'abord

[†††††††††††] Rodolfo Biagi. Pianiste et compositeur argentin. 1906-1969

dansé sans un mot. Au bout de quelques mois il s'est intéressé à sa peinture. Elle sent une attirance. Il s'occupe habituellement beaucoup de Fanny, son épouse. Ce soir il est seul. C'est rare. Il la complimente sur sa tenue. Francesco raccompagne Tessa à sa voiture. C'est un homme plein de tact et d'honnêteté. Elle sait ce qu'il a dans la tête. Mais elle a une idée précise de ce qu'elle recherche.

- Il n'y aura rien entre nous. Dit-elle
- Pourquoi ? S'inquiète-t-il.
- Parce que tu n'es pas libre…

Vouloir avancer. Ne pas espérer trop. Toujours continuer… Les progrès sont lents. Mais ils donnent un contentement secret. Il arrive qu'on s'élève. Dans un feu d'artifice flamboyant. Pourquoi ? Ce jour-là, évolue-t-on avec le super doué ? Ou tout simplement avec le généreux qui essaye de vous aider ? On a l'impression d'être une danseuse extraordinaire. Tangolito est sur le côté. A l'occasion, il ose donner un conseil : "Tu as de la technique, mais lâche prise !" Cela semble possible. Et puis le lendemain, on retombe dans les ténèbres de la médiocrité. Hector, au volant d'un tandem statique, semble sans plaisir. Peu satisfait. Est-ce sa faute à elle ? Il lâche : moins d'énergie, plus d'abandon ! Et pourtant elle fait des efforts. Trop certainement. Car elle le connaît Hector. Continuellement doux et calme. C'est vrai qu'elle aime davantage d'action et de saccades. La tanguera doit s'adapter. Elle s'inquiète. Elle n'est pas assez concentrée. Tangolito insinue : "lui qui n'a pas l'air de douter de son talent, fait-il bien ce qu'il faut pour te diriger ?"

Et d'ajouter :" tu dois regretter Pekka ?" Oui, c'est vrai. Et surtout l'époque de leur union bienveillante. Il supportait ses erreurs. Disait d'elle : tu es une liane. Estimant qu'il avait l'expérience pour maintenir fermement leurs deux axes. Il ne la laissait pas s'éloigner. De son côté elle le défendait. Des critiques se propageaient : il est trop aérien, il ne s'occupe pas de l'autre. Elle répliquait, sachant très bien que les jaloux pullulent.

Il a pris une route étrange ton Pekka ! Lance Tangolito. Oui, sans elle. Qu'il atteigne son but. Sans dérapage. Sans ce genre d'agressivité. Qu'il est capable, dans la colère, de déverser sur autrui…

Parfois Tangolito prend son air sérieux. Sa mine de philosophe… Tu sais Tessa : l'ultime héritage du tango serait une capacité à extraire de soi quelque chose de beau. Si un être se met à créer, à faire naître le merveilleux. Alors

il est grand et puissant. Et il n'a pas besoin de se frotter méchamment aux autres. Pour faire reconnaître son identité. Pour se faire valoir. Il utilise le tango. En tant qu'art. Seulement.
Merci d'exister, Tangolito. Tu m'accompagnes souvent. Tu es le passé, le présent et l'avenir. Tu m'apportes le souffle d'un pays où je n'irai sans doute jamais. Qu'importe. Les choses sont fantastiques en rêve. Et je t'imagine, discourant sur Le Rio de la Plata avec Casimiro et Sinforso.[xxvi] Le premier a son violon, le second sa clarinette. Tu représentes un combat et une gaieté. Dans la pauvreté et la simplicité. La naissance primaire d'une plainte. Et par la suite, je te retrouve. Tu es à la fois Pekka et Pablo dans ce qu'ils avaient de beau et d'élégant. A l'époque où ils ont été capables de sincérité. Tu es le blond frangin qui guide. Une harmonieuse pasada au-dessus des difficultés. Tu as le charme de l'amant basané, avec ses mots écorchés, ses silences envoûtants. Tu vois, je me suis trompée. Ce que tu crées et unis dans une étreinte symbiotique, je l'ai cru indestructible. C'est ignorer la force de l'intérêt. La faiblesse de l'humain. Maintenant, au détour d'une tanda. Quand tu me serres dans tes bras. C'est de nouveau l'abrazo idyllique. La jonction surnaturelle. Et je sais que j'irai plus loin encore, grâce à toi. Me voilà à écouter ta musique. Je chavire avec les syncopes. Je joue avec les croches. Temps fort, temps faible. Rythmes ternaires et binaires. L'âme du bandonéon me devient indispensable. Son souffle est éternel…

Les lieux où danse Tessa sont tous différents. A Sanary, l'ambiance a changé. Elle va plutôt boire un pot et discuter avec des amis. Une façon de passer une soirée conviviale. Elle sait qu'elle n'aura pas de partenaire doué. Un débutant viendra la chercher. Avec lui, elle étudiera sa posture. Le tanguero zélé ne sera pas pour elle. Si elle va vers lui, possible qu'il dise non. Préférant une cavalière à son niveau. Mais elle ne sera pas écorchée. La voilà sage.

A quelques km, dans l'ancienne mairie de Cassis, par contre, elle peut passer un moment privilégié. L'ambiance est stricte. Là elle fait des mirada. Celui-ci répond non. Elle s'en moque. Il y a d'autres hommes. Celui-là dit oui. Et puisqu'ils ont voulu tous les deux, ils sont à égalité. Elle n'aime pas être contre un ventru, un chauve, un nul. Un tel lui plaît au départ. Et puis le temps d'une tanda. Tout peut se gâter ensuite, bien sûr. Mais soyons bien élevée et pas trop difficile. Si très vite ses cheveux le dérangent, elle fait un effort. S'il se contorsionne sans arrêt. S'il déplace sa main, ne trouvant pas la place adéquate. Elle commence à penser qu'elle a affaire à un malade. Alors elle fait un clin d'œil à Tangolito qui l'observe ! Elle ne dit rien. Ouf à la fin.

Bon, cette fois Olive est jeune et beau. Elle se colle et se décolle, selon la cadence. Elle est l'impératrice. Il accepte. Il a compris l'intermède. Il guide. Mais il est un pantin qui connaît ses pas et distribue son habileté. Elle accepte son cadeau, son effort. Il admet qu'elle prête sa folie et la reprenne. C'est tout le secret de l'envie. De la déception quand l'envie se meurt. Car il est très possible que dans la soirée, s'ils se retrouvent, rien ne fonctionne désormais. Plus de connexion ! Ah ! Ineffabilité de la relation. Evanescence de l'attirance ! Régal voulu entre proie et prédateur. Qui est qui ? Où est le pouvoir ? Adam a donné une de ses côtes pour créer Eve. Il a la puissance physique. Sa compagne est née de sa force. Hypocritement elle le tient avec ses appâts.

Le plus primaire étant une pomme. Et il se laisse abuser… Sans finesse.
Chacun utilise le morceau d'ascendant qu'il possède. Et finalement dépend de l'autre et se vend à lui en croyant gagner. Que ce soit dans une milonga ou dans la vie, l'exaltation du désir conduit à une chute. Elle est fallacieuse.
Pas étonnant que des créatures déçues se détournent de la vérité. Faut-il la connaître ? Faut-il toujours se battre pour la rencontrer ? Ou vaut-il mieux faire semblant, voguer sur des sables mouvants ?
N'ont-ils pas raison, certains, de vivre lâchement ? De vouloir s'amuser. Avec leurs jambes. Avec leur torse. Et puis, que leur cerveau s'endorme, ne cherchant pas à réaliser. Que la complainte aille doucement. En dépérissant. Jusqu'au repos final…
On peut ne pas se trouver dans l'acceptation. Ni dans l'humilité. Mais s'éloigner de l'intransigeance. On peut aimer être repéré, espéré, choisi. Sans tomber dans le narcissisme. On peut demeurer généreux. Alors, lorsqu'en fin de soirée s'élèvent les accents de "La Cumparsita"[xxvii], on ne se sauve pas. Chaque mari est allé au-devant de son épouse. Il reste bien un solitaire qui partagera avec vous. Et votre duo sera juste un doux rappel d'autrefois, un souvenir des amours mortes :

"Si supieras …
Que aún dentro de mi alma
Conservo aquél cariño
Que tuve para ti."[‡‡‡‡‡‡‡‡‡‡‡]

---

‡‡‡‡‡‡‡‡‡‡‡ "Si tu savais …
Que dans mon âme
Je conserve toujours cette tendresse
Que j'ai eue pour toi. " (Paroles de Maroni et Contursi)

Faire des gestes.
Ecouter des notes.
Être dans le tango.
Une illusion.
Une chanson.
Qu'elle est douce à Tessa cette nostalgie qui fustige le chagrin. Et elle songe :
Ah, Tango Lumière,
Tango Bonheur,
Quittons les ruelles de la soumission
Pour des cieux cléments et sereins.
Cessons les pleurs qui nous perdent.
Et projetons gaiement de nouveaux voyages.

Lexique

---

[i] Tango : désignait au 19ème siècle un lieu de vente des esclaves, leur danse, leurs confréries.

[ii] El Choclo (Epi de Maïs) : créé en 1903 par Angel Villoldo. Paroles modifiées en 1947 par Enrique Santos Discépolo.

[iii] Abrazo : étreinte. Enlacement du couple pour danser.

[iv] Milonguero : habitué des milongas.

[v] Tanda : séquence de trois ou quatre morceaux homogènes dans le bal.

[vi] Ocho Cortado : huit coupé.

[vii] Caliente : chaud.

[viii] Planeo : figure. Effet de planer.

[ix] Pasada : figure. Passage par-dessus la jambe du leader.

[x] Carlos Di Sarli : El Senor del Tango. 1903-1960. Compositeur et pianiste. (Bahia Blanca, Tango des sables).

[xi] Astor Piazzolla : 1921-1992. Compositeur et bandonéoniste. (Libertango, Ballada para un loco, Vuelvo Al Sur).

[xii] Salida : sortie. Mais aussi entrée. Pas de base de la danse.

[xiii] Te quiero : je t'aime

[xiv] Mirada : coup d'œil. Regard pour inviter.

[xv] Barrida : figure. Le leader fait barrière.

[xvi] Gancho : figure. Enlacement des jambes.

[xvii] Ocho : huit. Figure basique du tango, dont le mouvement dessine un huit.

[xviii] Cabeceo : invitation par un hochement de tête.

[xix] Quebrada : marche sur le côté. Cassure.

[xx] Milonga : à la fois le lieu où l'on danse et l'une des formes musicales.

[xxi] Cortina : rideau. Intermède musical.

[xxii] Des indigènes troubadours (payadores) parcourent l'argentine. Les mélodies et pas du monde entier se mixent à ceux des payadores (en particulier une version de la habanera cubaine issue de la contradanza espagnole, elle-même issue de la contredanse française, et aussi le candombé rythmé par les tambours des esclaves noirs). S'élabore une danse : la milonga qui donnera naissance au tango argentin. Le tango de Markowski (maître de danse à Paris) est daté de 1854 : 1ère chorégraphie de tango connue. Partition musicale de Missler et Markowski. La théorie de la danse de Markowski consiste en un pas de valse accompagné par un rythme Habanera.

[xxiii] Alberto Vacarezza. Ami et compagnon d'école de Discepolo. 200 œuvres. Ecrivit les paroles de 13 tangos chantés par Gardel. En 1911 pièce : "El conventillo de la paloma", portée au cinéma en 1936.

[xxiv] Tradi : traditionnel.

[xxv] Nuevo : nouveau.

[xxvi] Deux afro argentins : "Le Noir", Casimiro Alcorta.
"Le Mulâtre", Sinforoso.
Ce serait le premier groupe de tango au début des années 1870. Casimiro est auteur de "Entrada prohibida". On lui attribue le tango "Concha Sucia", modifié plus tard par Canaro ("Cara Sucia").

[xxvii] Cumparsita :
Composée en 1916 par Rodriguez
("Le cortège
De misère sans fin défile
Autour de cet être malade
Qui bientôt va mourir de peine.")
Transformée en 1924 par Maroni et Contursi
("Si tu savais…")

Fondée en 2014, notre maison d'édition se consacre à la publication d'ouvrages relevant de divers domaines : littérature, récits personnels, premiers romans et nouvelles, essais en sciences humaines, religion, économie, etc.

Les impliqués ont pour vocation de publier, après sélection, les manuscrits qui leur sont confiés. Ils proposent ainsi aux auteurs de faire de leur projet d'écriture une réalité et d'éditer, après une réelle collaboration avec eux, leur ouvrage issu de leurs souvenirs, de leur imagination, de leurs rêves, de leur recherche ou encore de leur travail.